宋朝人的日常生活

侯印国 著

天津出版传媒集团

天津人民出版社

序
沙河塘上春寒浅，看了游人缓缓归

　　适逢花朝，拜读了侯老师的新作《宋朝人的日常生活》，犹如手握着旅游指南回到两宋的汴梁与临安游春，陌上花开缓缓归。书中的四时乐事、市井繁华、人间烟火自不待言，便是侯老师穿插在文中的掌故也叫我莞尔。侯老师的性情，与两宋是很相宜的，温雅从容，平日里教书读经写诗，研习文献，很有宋代文人的风致。我料他若在宋朝也可活得进退自如，自得其乐，可与渔樵闲话家常，可与山僧对弈斗茗，可与文学天团的诸位大佬唱和雅集。

　　侯老师与果麦合作的上一本书是整理孟元老的《东京梦华录》，彼时正赶上刘亦菲主演的《梦华录》热播，我沉湎于"神仙姐姐"的美貌不可自拔，没有管序言的事，心说有"神仙姐姐"替你代言经典名著，这等不期而遇的天作之合还需我赘言吗？

　　这一次，我答应侯老师正襟危坐写个序言。毕竟侯老师是我的饭搭子，毕竟我欠他一份帮我查唐伯虎再娶的老婆姓何还是姓什么的人情……

　　以下是正经序言。

　　且来看一首小令：

　　清晨早起，小阁遥山翠。额面整冠巾，问寝罢、安排菽水。随家丰俭，不羡五侯鲭，软煮肉，熟炊粳，适意为甘旨。

　　中庭散步，一盏云涛细。迤逦竹洲中，坐息与、行歌随意。逡巡酒熟，呼唤社中人，花下石，水边亭，醉便颓然睡。

——宋·吴儆《蓦山溪·清晨早起》

这是一个宋人的日常生活，从早到晚，从吃到睡，闲情逸致，信笔写来，如沐春风。作为一个热爱生活的人，我当然是爱宋朝的。爱它文星璀璨，爱它风流从容，爱它至简至繁、兼容包并的文化意象。

撇开外患不谈，两宋实在是极为宜居的朝代，为官有科举正途，寒门亦可出贵子，因为相对公平的科举制度，宋代士大夫激流勇进，普遍有"修身齐家治国平天下"的认知，和"先天下之忧而忧，后天下之乐而乐"的济世之心。

宋真宗亲自劝学，"万般皆下品，唯有读书高"，激励了无数读书人寒窗苦读。宋朝是古代人文的黄金时代，本质在于时人所能拥有的自尊自重自爱，文人入仕之后可以相对自在地贡献才智，参与国家管理，梳理界定家国人伦、自身与天地自然的关系，为儒家追求的理想生活方式找到依据。精神的自主、人格的完善和经济的富足，让他们有足够的闲情逸致去领略生活中的优雅和诗意。

掩户焚香，清福已具，如无福者，定生他想。更有福者，辅以读书。彼时的皇帝——官家，相对仁厚包容，没那种一言不合就廷杖、砍头、诛九族的恶习。下至民间，百业兴盛，若是五口之家，出一个劳动力就不至于饿死，当然吾国吾民一向勤劳，老翁卖炭，老妪浆洗，女子织绣，儿童打杂，一家五口只有一个人干活的情况不大可能出现。

从业方面，女子的机会比唐时更多。若有志气，可习学多种技能，堂堂正正当个职业女性，闯出一片天，从歌舞、庖厨到相扑蹴鞠，只要技艺精湛，像"神仙姐姐"那般白手起家开个网红店或者当上皇帝称赏的女御厨也许不易，但就业养活自己决计不难。君不见汴梁城内，"八方辐辏，万国咸通"，邑屋之繁，舟车之盛，商贾财货之充羡盈溢，比之唐时有过之而无不及。

虽然汤因比未必说过"如果让我选择，我愿意活在中国的宋朝"这样捧场的话，但两宋寻常百姓的幸福感舒适度是要远超其他朝代的，也最贴近现代人对生活的理解。自宋开始，估衣有裁缝，篦头有待诏，看病有郎中，计算书写有朝奉，修屋有工料行，出行有小厮长随，吃饭有外卖……各行各业开始精细分工，连宠物店和饮料奶茶点心铺子都琳琅满目，深得懒人心。

就医免费，房租减免，带薪休假，就业宽松，在宋代，你可以坦然地觉得，即使当不了官，做不了文人墨客，当个升斗小民也不错。只要有一技之长，哪怕是当茶博士、送外卖都不至于饿死。宋人的法律意识和契约精神已经成形，且从商亦不会太受鄙薄。天知道，这在中国古代的历史上是多么吉光片羽的稀贵时光，以至于我原谅了赵宋在军事上的屡次失误和该死的先天不足。

读历史是临花照水，也是烟云过眼，当中的机缘和诡谲，难以尽言，所谓朝菌不知晦朔，蟪蛄不知春秋，再伤筋动骨的朝代更迭落在岁月的大椿上也仅仅是一道浅浅的年轮。

只是，看过了两宋的开明和包容，会越发觉得元朝的野蛮和粗陋，感慨赵宋的覆亡可惜。看到明清史更要叹气，这样的倒退简直不忍直视。

其实两宋在贸易上有很多创举，除了众所周知的纸币——交子，还出现了类似证券交易所的存在，为了引导军用物资流向边郡，从宋太宗开始，政府鼓励商人在边郡入纳粮草，政府估价后发给"交引"。政府的估价远高于市场价，高出市场价的那部分，叫作"虚估"，市场实际交易价则叫"实估"，作为提货单的"交引"的面值，由"实估"和"虚估"两部分组成，"交引"由此获得了有价证券的流通功能。商人因此获利，国家也因此可以周转军需。

宋仁宗时，禁止商人私自流通交子，改而发行官交子。官交子是我国最早由政府正式发行的纸币，在益州（成都）成立的交子务，被学者认为是世界上最早的中央银行。毫不夸张地说，南宋偏安一隅，是靠贸易养活了国家。

两宋属实是不会打仗，但很会挣钱，并一直矜矜业业琢磨挣钱的法子，禁榷制度秦汉就有，在宋代广泛推行，举凡盐、茶等重要物资的交易都采取间接专卖的方式。王安石变法，究其本质也是为了充盈国库，奈何当时天还没亮，他醒得过早罢了。

商业的发展成就了市井的繁荣，我其实懂孟元老的惆怅，与后来的张岱仿佛："鸡鸣枕上，夜气方回。因想余生平，繁华靡丽，过眼皆空，五十年来，总成一梦。今当黍熟黄粱，车旋蚁穴，当作如何消受？遥思往事，忆即书之，持问佛前，一一忏悔。不次岁月，异年谱也；不分门类，别《志林》也。偶拈一则，如游旧径，如见故人，城郭人民，翻用自喜。"

这一段看得人堕泪，书写得愈精彩，故梦回忆得越清晰。心里的失意愈甚。

叹息繁华地，兴废两悠悠。还是接着来说兴。两宋都城的美食和娱乐自不待言，《东京梦华录》里提到一百多家店铺，酒楼和各种饮食店占了半数以上，《清明上河图》绘了一百余栋楼宇房屋，经营餐饮业的店铺有四五十家，也近半数。

彼时的东京，"集四海之珍奇，皆归市易"，"会寰区之异味，悉在庖厨"。绝对是吃货的天堂，消费丰俭由人，服务唯恐不周，充分体现了顾客就是上帝，只要这个上帝不太作，不给店家找麻烦，那么无论贫富，一般都能得到殷勤招待。

我看《东京梦华录》和《梦粱录》，其他皆草草，最大的乐趣是数菜名。虽然冷静下来，研究了做法之后觉得未必一定美味，但是不妨碍我开心雀跃啊。

从汴梁到临安，从早点到宵夜，从果子到饮子，以往贵族才能享受的一日三餐不再是梦。市井经纪之家，倘若手头宽裕，懒起来根本不必下厨，在家亦可置办饭局，请四司六局的专业人士承办筵席，香药局焚香，茶酒司点茶，帐设司挂画，排办局插花。四般闲事，文人风雅，你也可以轻松get（得到）。

至于日常娱乐更不必担心，白天可以去大相国寺淘宝，晚上可以去勾栏瓦舍打榜。吃吃喝喝，唱唱跳跳，如果觉得还不过瘾，还可以试试关扑（博彩）。

若等到每年的三月初一，皇家园林金明池会开放，供人免费游览观赏，持续一个月左右，游冶之盛，莫过于此。然而繁华障眼，容易让人忘了山河残、金瓯缺，忘了靖康耻、犹未雪。

所以懂宋室南渡之后赵构的纠结，是继续苟安一隅还是奋起反击还我河山，战吧，确然实力不够，万一接了不成器的爹和哥回来，怎么安置？不战吧，连上个坟都要金国"发签证"，沦陷区的百姓还盼着王师来救。

宋代的皇帝，我可能最不喜欢的是宋徽宗，他确然是神仙，只不过是缺心眼的神仙，群狼环伺，兀自嬉恬醉饱。艺术的成就再高，品味再好，都不能抵消他身为人君的无能和失职。当官家，是最不可任性之事，当金兵铁骑踏入汴京时，他可曾想过，会有无数黎民百姓因他而家破人亡，他所珍藏聚敛的一切都会灰飞烟灭？最不能忍的是，他在金国饱受虐待，居然也能苟延残喘那么多年，说到底还是怕死。

忆及两宋风华，我最后还是会想起姜夔的词来："花满市，月侵衣，少年情事老来悲。沙河塘上春寒浅，看了游人缓缓归。"

这份情怀怅惘，难以消解。

——安意如

2023年3月

目录　　第一章　吃货

第二章　逛街

第三章 行住

第四章 仪式感

宋 朝 人 的 日 常 生 活

吃货

繁华夜市里都有哪些市井美食

在宋代城市居民眼中，夜市是日常生活中不可或缺的一部分，但对宋代之前的古人来说，夜市可是很罕见的。从先秦开始，中国的城市一直延续着宵禁的政策，尤其是在繁华都城，往往禁止夜行。据说出自西周初期周公旦（周文王姬昌第四子，周武王姬发的弟弟）的关于周代官制的经典《周礼》一书中（今多数学者认为实际成书于战国时期），就记载有名叫"司寤氏"的官职，其职责之一，就是负责夜禁，防止民众夜行夜游。汉代著名的飞将军李广，地位尊崇，但因为夜间饮酒忘记了时间，夜饮而归的时候被霸陵亭（当时的亭大略类似于今天的派出所）的守卫呵斥，哪怕他报出了自己的大名，也依然没能获得优待，被迫夜宿亭下，第二天天亮才让他上街回家。东汉末年的枭雄曹操年轻时在官场一举成名，就是因为他担任洛阳北部尉时，汉灵帝宠臣蹇硕的叔父违反宵禁夜行，被他毫不犹豫地乱棍打死。南北朝政权纷纷，但大都延续宵禁政策。唐代的宵禁尤其严格，日暮时分，鼓声数百响，坊市就要开始闭门，直到五更二点或三点时候，街鼓之声再次响起，坊市又开门。在这期间，有专门的人员巡查捉拿无故夜行之人，只有传递紧急公文和婚嫁以及急病之类才可以例外。像长安、洛阳这样重要的政治中心，更是从各宫城门、皇城门、里坊门、外郭门层层设卡，禁绝行人夜游。违反宵禁称之为"犯夜"，后果是"违者，笞二十"。有官员在宵禁鼓声前没有回家，甚至只能悄悄睡在桥下。只有正月十五前后共三天时间，才"金吾不禁"，允许市民肆意夜游。大概在唐僖

清·冯宁《仿宋院本金陵图》（局部）

此长卷以南宋院本《金陵图》（此本已佚）为蓝本所绘。图中真实呈现了宋代金陵城中市井生活的细节

宗以后，宵禁才慢慢松弛，夜市开始出现。

到了宋代，宵禁才真正宽松起来，宋太祖赵匡胤乾德三年（965年），朝廷下令："京城夜漏未及三鼓，不得禁止行人。"宵禁的时间就被推迟到三更。仁宗至神宗时的官员宋敏求，曾感慨已经二十多年没有听到宵禁的鼓声，宵禁的政策成为一纸空文。没有了宵禁政策，夜市也随之蓬勃兴盛。两宋之际的孟元老在《东京梦华录》中描写北宋的夜市"夜市直至三更尽，才五更又复开张。如要闹去处，通晓不绝"。

夜市在宋代才真正繁荣，也和坊市制度的瓦解有关。唐代城市坊市分开，坊是市民居住的地方，内部又分很多坊，坊和坊之间有门，晚上关闭。市是店铺商业经营的地方，生活区和商业区分开，也设有大门，所以晚上宵禁时坊市门一关，所有的店铺就无法再营业了。如果在居民生活区开店铺，难免会侵占街巷，这就叫"侵街"，是一个很大的罪名，要被"杖七十"。到了唐代中后期，坊市的边界就开始模糊起来，一些大的居民生活区，甚至出现了宦官们开设的官市，也就是官方集市。到了北宋，坊市制度彻底瓦解，政府开始允许临街设店，生活区和商业区开始打通，夜市就突破了城市的空间限制，无处不在了。宋神宗前后来华游历求学的日本僧人成寻，在杭州看到戌时"市东西卅余町、南北卅余町，每一町有大路小路百千，卖买不可言尽"，也就是在晚上七点到九点，大路小路上都有夜市。

夜市美食大抵是我们阅读北宋汴梁的描写时能感受到的最诱人的标签。前面提到，北宋之前，哪怕繁华如大唐，天黑之后也都实行宵禁，一年之中只有几天

元·佚名《同胞一气图轴》（局部）
一群儿童正在烤包子，这在宋代也是流行美食，酸馅一般被认为是素包子，
当时僧人们常吃这种食物，所以当时说僧人写的诗有"酸馅气"

才会纵容市民恣意夜游。到了北宋中期，夜市已经成为市民生活中不可或缺的一部分。《东京梦华录》中说："寻常四梢远静去处，夜市亦有燋酸豏、猪胰胡饼、和菜饼、獾儿、野狐肉、果木翘羹、灌肠、香糖果子之类。冬月，虽大风雪阴雨，亦有夜市。"在比较偏僻的地方，每天的夜市一直要到三更天才打烊。没过多久，五更天早市便又早早开张了。至于闹市区，夜市更是彻夜不休。即便是在城市周边偏远的地方，夜市上也能买到山南海北各种风味的美食小吃。哪怕在寒冬腊月，大风大雪，天气条件很差的时候，夜市依旧风雨无阻。

上面这段文字只是《东京梦华录》夜市美食描述中不起眼的一小段，打开这本书，关于夜市还有"州桥夜市"等专门的条目，二百多字的篇幅里，居然提到了五十多种美食。其中包括了各色面点、卤味、腌菜、野味、小吃、冷饮、水果，这里挑几个有特色的稍做介绍。

水饭在夜市中是备受欢迎的一种美味。它类似粥，但经过发酵，味道酸甜，往往在冰水中过凉，很适宜夏天。水饭在当时算是全民美食，在士大夫的宴席餐桌上，它也是一道必备的餐后甜点，甚至在当时皇家宴席上也有水饭的身影。南宋时期做过宰相的楼钥，年轻时跟着舅舅汪大猷出使金朝，把行程见闻写成了日记，叫作《北行日录》，里面提到在金朝皇帝赐宴，其中就有水饭。宋代还有一种叫水团的食物，则是把高粱粉加糖捏成团子，在调料水中煮熟，类似今天的汤圆，和水饭不是一回事儿。

燠肉做法很独特，在种种燠肉中，最有特色的是燠鸭。根据元代《居家必用事类全集》的详细记录，其做法是先将鸭子洗净放入热麻油中煎至表面金黄，再用酒、醋和水浸泡，加入葱、酱和各种调料，用小火煨熟，等放凉后随时从料汁中取出切食。南宋洪迈的《夷坚志》里有一则"王立燠鸭"的神奇故事，说在南京做建康通判退休的史宓，和一位老侍从回到杭州盐桥养老，逛街时发现街上有叫卖熟食鸭子的，看着特别像自己在南京任上的厨师王立，老侍从在旁边也觉得简直一模一样。但是王立一年前就已经去世了，葬礼的钱还是史宓出的，这让他觉得很是恍惚，还没等他开口询问，这人已经跑出来跪在他的面前，原来他真的是已经死去的王立，因为太执着于做鸭，死后鬼魂在杭州开了个燻鸭店。旧时主仆相逢，难免要好生叙旧一番，于是王立端着一份燻鸭，就来史宓家中交流。史宓问他："你自己都做了鬼了，这鸭子不会也是鬼物吧？"王立马上表示自己的鸭子都是人间之物，自己也要一早去市场选购十只大肥鸭，再到大作坊租用锅和柴火调料，做成美味就开始沿街叫卖，赚的钱足以糊口。

州桥夜市有家曹家从食店。从食是指各色品种的蒸作糕点，包括多种馒头、包子（包儿）、糕、饼、馅、酥、夹子（夹儿）、元子（即丸子）、粽子、豆团、麻团、糍团、油炸千层儿。从食的种类非常多，南宋吴自牧《梦粱录》列举蒸作面行售卖的从食五十一种，素点心从食店售卖的素从食二十六种，粉食店售卖的各色元子、水团、糕、粽子等十五种。南宋周密《武林旧事》卷六"蒸作从食"条记载的名目有五十余种。

干脯、脯鸡、鲊脯之类，都是腌制的鸡鸭鱼肉，这是历史极为悠久的食物，先秦的典籍中就有。芥辣瓜儿之类则是芥辣汁腌制而成的素食食物，元代《吴氏中馈录》中记载有芥辣汁的详细做法。芥辣瓜儿在宋代是备受市民欢迎的夜市美食，在后代喜欢芥辣汁的名人也不乏其人，比如清代的李渔就在《闲情偶寄》里感慨："制辣汁之芥子，陈者绝佳，所谓愈老愈辣是也。以此拌物，无物不佳。"姜辣萝卜大概是用姜汁腌过的萝卜，而间道糖荔枝之类，则是用糖水腌制过的水果。

旋煎羊白肠、旋炙猪皮肉，这里的旋煎、旋炙，其实就是现煎现卖，极富

南宋·佚名《春宴图》（局部）
此图绘唐初十八学士集会宴饮情景，图中饮食细节则反映出宋代生活

烟火气。唐宋大量使用木炭，白居易笔下的卖炭翁，卖的就是木炭。宋代石炭也开始风行，但这些烤肉用的还是木炭，今天流行的"果木烧烤"，正是宋代夜市的日常。烤肉的食材也非常新鲜。说到食材，州桥夜市中还有獾儿、野狐肉、野鸭肉之类的野味，宋代生态环境远胜于今日，也不太有保护野生动物的意识。

说到羊白肠，动物内脏在宋代夜市中是很受欢迎的食材，州桥夜市中有肚肺、腰肾杂碎、抹脏、灌肠之类。在《东京梦华录》中还记载夜市有猪胰胡饼（将猪内脏切碎夹入饼中，类似现在的肉夹馍）、煎肝脏等以内脏为原料的食物。南宋《梦粱录》中记录的杭州肉铺中，售卖糟猪头肉和"头、蹄、肝、肺四件"熟食，酒肆中的菜品，有肝事件（事件在宋代泛指各类食品，比如南宋西湖老人《繁胜录》"食店"条载有"蔫羊事件""花事件"等；《东京梦华录》中有杂煎事件，就是各类煎制的食品。这里的肝事件是各种肝做成的拼盘美食）、衬肠血筒燥子；面食店里的下饭菜，有煎衬肝肠、煎肝等。

沙糖冰雪冷元子、水晶皂儿、生淹水木瓜、药木瓜、鸡头穰、沙糖绿豆甘草冰雪凉水、荔枝膏之类，都是甜点冷饮，本书在冷饮一节还会详细介绍。

州桥夜市中提及的种种美食，已经让人眼花缭乱。但这处夜市，竟然还不算是东京夜市的极致繁华之处，还有地方"夜市比州桥又盛百倍，车马阗拥，不可驻足"，各处美食太多，以至于当时的东京汴梁人会"市井经纪之家，往往只于市店旋买饮食，不置家蔬"，大家都习惯了在外面吃饭，从不买菜回家做饭。汴梁的马行街是夜市非常繁盛的地方，这里的酒楼、店铺烛火照天，往往到四更。因为蚊子畏惧灯油，以至于这里成为当时全国极少数夜里不闹蚊子的地方。

相比于北宋，南宋的夜市更加热闹，首都临安除了皇宫门前，处处都有夜市，晚上的热闹程度与白天没有什么不同，往往都要延续到四更天。皇帝偶尔也逛夜市，南宋孝宗赵昚在元宵节期间逛"买市"，所谓的买市是官府或豪富设立的临时集市，招徕小商贩和小经纪人，并给予赏赐，以促进市场的繁荣兴旺。孝宗在这个元宵节的买市上光顾过从汴梁搬来的老店，如李婆婆羹、南瓦子张家圆子等，也有记载是说这是宋孝宗叫人点的"外卖"。无论如何，当时夜市繁华是毫无疑问的。

相比汴梁，临安的众多美食中最具特色的是脍，是将生鱼或生肉切成极薄的片或极细的丝，蘸取调料生吃，这种吃法由来已久，《论语》中孔子就有"食不厌精，脍不厌细"之说。北宋都城汴梁位于北方，脍的种类并不多。每年三月一日，皇家金明池和琼林苑向百姓开放，金明池西岸游人较少，民间的钓鱼高手向政府申请垂钓许可后在这边钓鱼，鱼刚钓起，就切成生鱼片，配上好酒，是一时美味。著名的马行街夜市中有水晶脍。当时江浙一带水网密布，各种脍被端上餐桌。《太平广记》中提到吴地一种叫"金齑玉鲙"的鲈鱼脍的具体制法："然作鲈鱼脍，须八九月霜下之时。收鲈鱼三尺以下者作干脍，浸渍讫，布裹沥水令尽，散置盘内。取香柔花叶，相间细切，和鲙拨令调匀。霜后鲈鱼，肉白如雪，不腥。所谓'金齑玉鲙'，东南之佳味也。紫花碧叶，间以素鲙，亦鲜洁可观。"西湖的鱼也经常被做成鱼脍，苏轼的诗"船头斫鲜细缕缕"，说的就是他和朋友在西湖泛舟，钓起的鱼在船头现做成生鱼片。

南宋都城搬到了临安（官方称之为行在，意为临时首都，名义上仍以汴梁为法定首都），脍的种类非常丰富，史料中所见，有肚脍、沙鱼脍、五珍脍、水母脍、香螺脍、海鲜脍、群鲜脍、鲫鱼脍等，都是北方较少见的。据明代《五杂组》中的记载，当时福建、广东流行一种美食叫"鱼肉生"，也是将生鱼切片，用姜、椒水略腌制后食用，是这种美食的延续。日本料理中的生鱼片、生牛肉刺身、生马肉刺身之类，也是类似的做法。

夜市中除了美食，还有其他各种买卖乃至于娱乐项目，最能满足喜欢"逛吃逛吃"的朋友，有卖头面、冠梳、领抹等衣饰的，有卖古物珍玩的，也有卖日用百货的，甚至还有不少人趁着夜色卖假货。夜色中的娱乐场也值得去看看，几十家勾栏瓦肆同时开张，这几个大勾栏，都能容纳几千人同时观看表演。我们可以想象几十个"德云社"同时开张的盛况。瓦肆里还有做各种买卖的、卖药的、算卦的、卖衣服的、表演摔跤的、卖饮食的、剪纸的、卖字画的、唱小曲的，各色营生不一而足。一到这声色犬马的繁华瓦子，你就觉得时间都不够用了。一大早过去，不知不觉沉迷其中，转瞬间就到了天黑时分，正所谓"终日居此，不觉抵暮"。

如何在能做几百道菜的酒楼点菜

在北宋汴梁、南宋临安这样的都城，夜市中的美食不仅仅是这些小店小摊，还有大的酒肆也往往通宵达旦营业，这是宋代饮食繁荣的重要标志。

这些酒店装潢气派，门头往往搭建高大的彩画欢门，也叫彩楼欢门，门前设红绿杈子和漂亮的帘幕，并装饰有贴金红纱栀子灯。高级的栀子灯，是用玻璃烧制而成，在当时算是奢侈品。在《清明上河图》中就有悬挂栀子灯的酒店图像。值得一提的，有不少著作和文章将红栀子灯视作风月场所的标志，这其实是不准确的，宋代酒店门口设杈子和栀子灯，是因为五代时后周的开国皇帝郭威曾游幸汴梁，当时的茶楼酒肆都是如此装饰，因此两宋一直沿袭，渐渐就成为酒店行业的通行风俗，一些茶楼、客栈、饭店也会模仿这种装饰。不少酒店确实有歌妓佐酒，如《梦粱录》中记载的临安一座酒店，一到晚上，就灯火辉煌，有浓妆艳抹的数十位歌妓聚在主廊，等候酒客的召唤，当时人们评价：远远望去好似神仙。这些歌妓只是伴坐陪酒，并不提供情色服务。根据南宋耐得翁《都城纪胜》中的记载，当时确实也有真正提供色情服务的酒店，叫作庵酒店，包间中暗自设有床铺。这类酒店的标识是"门首红栀子灯上，不以晴雨，必用箬盖之，以为记认"，识别的关键并非栀子灯，因为所有的酒店门口都有栀子灯，而是栀子灯上是否时时盖着箬竹编成的灯罩。

小酒店自然无法搭建彩楼欢门，一般是门口悬挂一面酒旗，上面绣上或者

北宋·张择端《清明上河图》（局部）
酒楼前搭建有高大的彩楼欢门，这是当时大酒店流行的装饰

写上酒店名称或酒店招牌酒水的名称，更小的酒店可以只写个"酒"字。还有一些酒店，也不悬挂酒旗，而是挂酒瓶或者扫帚作为标志。

一 宋代酒店分四种

宋代限制民间酿酒，通过官酒来创造税收。当时的酒店大致可以分为官库、子库、脚店和拍户。官库就是政府设立的酿酒机构，在北宋中期以后还兼卖酒，官酒库往往设有酒楼。后三者是民间酒店，子库也叫正店，他们可以从政府部门购买酒曲后自行酿酒，北宋末年东京有七十二家正店，如樊楼、遇仙正店、中山正店、高阳正店、李七家正店、会仙楼正店等，《清明上河图》中就有孙羊正店。

脚店自己不酿酒，是向正店采购酒后零卖，算是正店的经销商。《清明上河图》中有一家十千脚店。有趣的是，单从经营规模来说，正店未必一定大，脚店未必一定小。

脚店是正店的经销商，拍户则是官库酒店的经销商，官库酒店每年都有任务，要卖出多少酒，交多少税，这些任务光靠官库的几家酒店是不可能完成的，需要由数量众多的拍户来承担。脚店和拍户都不能自行酿酒，违者严加处罚，重则封门抄家。

二 樊楼风流

临安西子库的丰乐楼，名字继承自北宋汴梁的樊楼（一度叫丰乐楼），这是北宋最为豪华的酒楼，是汴梁七十二家大酒楼之首。这座酒楼最早是一批贩卖白矾商人的据点，因此叫作矾楼，大概是因为这个名字比较怪，后来慢慢被写成了樊楼。樊楼的老板先后换过几位，但都不姓樊。樊楼每年向政府采购酒曲五万斤，为政府上缴不少现钱，是当时的"明星企业"。依照酒曲一斤一百五十文的时价来算，一年多达七千五百贯。当时一位宰相的收入，底薪每月三百贯，再折合其他粮食、绢匹等，每年约六千贯，还不够樊楼每年买酒曲的钱。宋仁宗时酒店易主，新主人经营不善，以至于倾家荡产。政府丧失了一大税源，甚至惊动了仁宗皇帝，他亲自下诏书过问，提出谁能接手樊楼这五万斤酒额，就给他安排京城三千家脚店作为它的经销商。在宋仁宗皇祐年间，酒每年给朝廷带来的收入平均为一千四百九十八万贯，在全国的财政收入中是一个大项。

樊楼的建筑经过多次重修，宋徽宗宣和年间做过一次大的翻修，新改建了三层大楼，在主楼和附近五栋面朝主楼的大楼之间，架设了凌空飞桥。这些飞桥装有护栏，彼此相通。白矾楼的房间都挂着珠帘，帘子上方还挂着用丝绸绣成的匾额，灯烛的光照在珠帘和绣额上，反射出一片金碧辉煌。樊楼装修后再新开业的前两天搞酬宾活动，当天最先消费的几位客人，每人送一面金旗，不过这种好事只在开业前几天有，再往后就不再举办了。每年到了元宵节的时候，樊楼在各个楼的房檐瓦片上都摆放莲花灯，灯火辉煌。早年有很多客人在樊楼登高远眺，但后来发现西楼高处可以窥见皇宫内的情景，就不让大家再登临了。

装修后的樊楼一楼设置散座，二楼则是包间，当时称之为"小格子"，樊楼共有近四百个包间，规模很大。樊楼在北宋初期就已经名扬京城，北宋后期改名为丰乐楼，但樊楼的称呼一直风行，到南宋以后，樊楼甚至变成了酒店的代名词，成了一个诗词中常用的典故。南宋诗人刘子翚回忆旧都的《汴京纪事》中就有"梁园歌舞足风流，美酒如刀解断愁。忆得少年多乐事，夜深灯火上樊楼"。

不少宋元时期的话本都以樊楼为故事背景，如《赵伯升茶肆遇仁宗》《闹樊楼多情周胜仙》等，都是在樊楼中发生的故事。《赵伯升茶肆遇仁宗》中描述樊楼"城中酒楼高入天，烹龙煮凤味肥鲜。公孙下马闻香醉，一饮不惜费万钱。招贵客，引高贤，楼上笙歌列管弦。百般美物珍羞味，四面栏杆彩画檐"。《水浒传》的蓝本《大宋宣和遗事》中，宋徽宗和李师师在樊楼宴饮。《水浒传》第七十二回梁山好汉在元宵节上东京，宋江、柴进登上了樊楼的包间饮酒用餐，听到隔壁包间有人高歌"浩气冲天贯斗牛，英雄事业未曾酬。手提三尺龙泉剑，不斩奸邪誓不休"，赶过去一看，原来是九纹龙史进、没遮拦穆弘也在此醉酒。

这些话本小说中的故事都是虚构，但有件事倒是历史上真实的插曲。曾经有位沈公子来樊楼，大喊"今晚所有的消费，都由我沈公子买单"。这位阔少叫沈偕，字君与，是今天浙江湖州人，他的父亲沈东老据说曾遇到神仙传授酒方，因酒致富。沈偕到汴梁国子监读书，喜欢狎游，曾经把一个珍珠摊子上的所有珍珠都撒到妓院，人称"撒珠郎"。他追求当时头牌名妓蔡奴，带着她同上樊楼，他跟酒楼里一千多客人说让他们"极量尽欢"，到了夜里就替全场酒客买了单，因此奢侈豪放之名遍传京都。后来沈公子科举登第，花钱把国子监的书全都买回了湖州，是当时文化圈的"热搜话题"。

三　酒店菜单有两百多道菜

不论大小酒店，除了少量"角球店"是只卖散酒不提供食物外，其他大部分酒店都提供各色美食。小酒店往往突出特色，并以此为名。比如有一类包子酒店，专门销售灌浆馒头、薄皮春茧包子、肉包子、鱼兜杂合粉、灌大骨之类；再比如有一类肥羊酒店，主要零卖软羊、大骨龟背、烂蒸大片、羊杂四软、羊撺四件等，临安出名的肥羊酒店有丰豫门归家、省马院前莫家、后市街口施家、马婆巷双羊店等。还有一些酒店是以环境取胜的，比如宅子酒店，其大门装饰如同官员家宅，有的甚至就是用府邸改成；再比如花园酒店，多分布在郊外，酒店坐落于园林之间。可见今天豪华酒店的建设思路，宋人也早已实践过。

酒店的食物叫作"分茶"，能够提供大量分茶的大酒店也叫分茶酒店。要注意的是，宋代茶艺中也有一种分茶，则是另外一回事儿了。当时的大酒店的菜单非常惊人，能够提供的分茶种类极多。南宋《梦粱录》中列举了一份当时酒店菜单的清单，足足有两百四十道左右，其中单单是一味羹，就有数十种。

宋代酒店的菜单大都是写在一个个牌子上，这叫作食牌，也有酒店提供菜品单子，客人看牌或看单点菜。但酒店能提供的菜品很多，所以更多时候需要依靠酒店里的服务人员完成点菜。《东京梦华录》中说，酒店里负责迎客接待，为客人送茶送酒的服务员，一般都尊称其为"茶饭量酒博士"。"博士"一词，最早见于战国初期，指博学通达者，亦称"通士"和"达士"，到战国后期成为官职名称，并历代相沿。宋元时期下层人士以官名互作敬称成为时尚，对茶坊师傅、酒坊的酒保乃至染坊等场所的打工人，概称博士。店里打杂的小厮，则被叫作"大伯"。还有街坊上的女子，腰上系着青花布手巾，梳着高高的发髻，来店里主动给客人斟酒、换茶，这些女性服务人员一般叫作"焌糟"。还有一些周边街坊的百姓，看到有富家子弟们来酒店喝酒，就来桌前作揖请安，接一些桌上客人安排的使唤杂活，比如去酒店外买点东西，或者让他们安排妓女陪酒或者唱曲，或者打发他们取送钱物之类的，这些人被称为"闲汉"。还有一种人，主动到客人面前斟酒倒茶，也会唱点小曲，还会给客人送上水果、小香袋之类的小礼物，客人吃完饭会给他们打赏，这类人叫作"厮波"。也有一些下等的妓女，不请自来，主动跑来客人桌前唱曲，一般客人会临时送点小钱或者小东西给她们，这类妓女被叫作"劄客"，也叫"打酒坐"。还有卖药或者卖水果、萝卜之类的小商贩也穿梭在酒店里，他们可不管你买不买，先把东西分到各个桌上，请你试吃或者试用，临走了才问你收钱，这种生意人当时叫作"撒暂"。

一般规模大一点的酒店，进门就能看到一个大院子，两边是走廊，客人一般就在廊中包间用餐。跑堂会招呼客人落座。客人坐好后，会有"茶饭量酒博士"拿出纸笔，仔细询问客人们都要吃些什么。京城里的客人都非常讲究奢华，点菜时也往往百般挑剔，同样的菜，有的点名要加热，有的点名要加冰，还有的点名要不冷不热，还有的要极冷。有的要加上瘦肉浇头，也有人要加上肥肉浇头，每个人的要求都各不相同。客人点好菜，"茶饭量酒博士"便来到厨房附近，把客人点的菜和特殊要求从头到尾报给厨房。厨房的掌勺大师傅叫"铛头"，又叫"着案"。很快，饭菜就按要求做好了，只见传菜员左手和小胳膊上托着三个碗，右胳膊从肩膀到手掌叠放着二十个碗，来到客人桌前，逐一分发，每一份都不允许有差错。一旦出了差错，客人可以向店主投诉传菜员

清·谢遂《仿宋院本金陵图》（局部）

此长卷以南宋院本《金陵图》（此本已佚）为蓝本所绘。图中呈现了宋代金陵城的酒食店

送错菜了，店主就会狠狠责骂，严重的可能会扣他的工钱，更严重者则会被直接开除。

四 宋代酒楼点菜技巧

说回到点菜，宋代大酒店的服务员很会"看人下菜"，会根据客人的穿着打扮来有选择地报菜名。和当时很多行当的叫卖一样，"茶饭量酒博士"也有唱的环节，帮客人点完菜后，他会在靠近厨房的地方把你点的菜名字唱出来，厨师根据博士的唱声做菜。

在点菜前，还有一个注意事项，就是客人刚坐下，服务员就会上几道"看菜"。所谓的看菜，就是只能看不能吃的菜。点菜时不能动筷子吃这些看菜，否则就会被视为没有见识而为人嘲笑。点菜同时往往也要点酒，酒量小或钱少，点的酒不多，最好就在一楼大厅的散座，这叫"门床马道"；如果点酒多，财力雄厚，就可以上楼，当时临安酒店把登楼饮酒叫"过山"，有一山、二山、三山之类，并非真有山要过，而是一直加酒的意思，清代时杭州地区把喝酒叫"加高"，大概就是"过山"这个词的流风余韵。

我们现在不太弄得清楚当时酒店为何会有上看菜这样的习俗。有人猜测这是一种形象生动的菜单，就像今天一些饭店会有菜品的样品展示。我在日本看到几乎每家饭店，都在最显眼的位置摆放有店内主要菜品的精美树脂模型（日本人叫作食品サンプル），供客人点菜时参考。也有人认为客人刚坐下的时候桌上空空，看菜是为了装饰桌面，同时也便于吊起胃口。不论如何，看菜是只能看不能吃的，是个展示陈设性质的东西。不仅市井酒店有看菜，皇家宴席上也有看菜、看果、看盘，都是宴席上的第一道菜，大家都并不食用，等下一轮

南宋·马远《华灯侍宴图》

图中描绘的是宫廷晚宴的情景。图画下方有宋宁宗御题长诗，描写的也是晚宴情形

菜品上来前，又会原样撤下。

此外还有人在酒店附近叫卖各色食物，因为是提着篮子或推小车，其中售卖的主要是各色腌腊品、点心、甜品和时令水果以及果干等。以水果为例，就有圆柑、乳柑、福柑、甘蔗、土瓜、地栗、麝香甘蔗、沉香藕、花红、金银水蜜桃、紫李、水晶李、莲子、桃、新胡桃、新银杏、紫杨梅、银瓜、福李、台柑、洞庭橘、蜜橘、匾橘、衢橘、金橘、橄榄、红柿、方顶柿、火珠柿、绿柿、巧柿、樱桃、豆角、青梅、黄梅、枇杷、金杏等等种类。

五 酒楼吃饭要准备多少钱

宋代在三百年间物价起伏不定，大致可以分为三个阶段：宋初到宋仁宗时期，物价逐渐从低到高。从神宗到徽宗，物价从高到低又从低到高，起伏波动，宋徽宗时期是北宋物价的高峰。南宋建立后，物价基本上一路上涨，到灭亡之际，达到最高峰。因而不同时期在大酒楼吃饭，价格有差别，这里大

題文會圖

儒林華國古今同
吟詠飛毫醒醉中
多士作新知入彀
畫圖猶喜見文雄

臣京謹依
韻和進

明時不與有唐同
八表人歸大道中
可笑當年十八士
經綸誰是出羣雄

北宋·赵佶（传）《文会图》
描绘一群文士在花园中据案饮宴。相传为宋徽宗真迹，学者一般认为是徽宗时期画院代笔之作

致介绍一下基本的消费情况。

宋初饶州判官白積向担任通判的丁谓借钱接待远道而来的故人，借了五百文。苏轼的朋友张怀民和张昌言下围棋赌钱，让苏轼写一个见证，约定输了的人出五百文做"饭会"。可见北宋时期，一般宴请朋友的三两人小聚会，花费约在五百文。到南宋时物价高涨，变为人均五六百文，《夷坚志》中宋高宗时明州有两人请刘八郎办事，约他到酒楼吃饭，三人花费"千八百"，人均六百文。

如果只是一个人吃饭，酒菜很少，起步价大概每餐一百文，南宋宁宗时期，临安酒店一度物价走低，甚至五十几文也能买两杯酒和几种下酒菜。此时在大部分乡村酒店，一般一百文就足够吃一顿好酒，陆游诗云："杖头高挂百青铜，小立旗亭满袖风。莫笑村醪薄无力，衰颜也得暂时红。"北宋给太学生发放的伙食费，不同时期约在每天十文到四十文之间，只能勉强保证吃饱，大部分学生需要自行贴补。宋代底层民众的日收入，大致在一百文左右，大部分人的收入只够开销，很难有结余。

如果是大一点的宴请聚会，花费自然要高，大致在五千文到一万文（五贯到十贯）。北宋中期名将种家的子弟，在乡村办了一场"饭会"，花费五贯。宋徽宗时大相国寺有个算命的高手算卦一次要价十贯，郑居中评论："我要是有十贯，就去酒店痛饮，绝不会浪费在这类人身上。"南宋《都城纪胜》中提到去酒店吃酒，高档酒席的价格是五贯。宋高宗晚年吃饭力求节俭，有时一次吃饭不过一两百文，即使组织宴会，也不过十到二十贯。

以上是普通人的消费水平，有的贵族宴饮，花钱如土，令人咂舌。例如北宋末年的权相蔡京，请下属吃饭，光是蟹黄馒头一样，就花费一千三百多贯，如此推算，一场宴席至少要一两万贯。南宋宰相秦桧家中吃饭，每次都要花费数百贯。淳熙年间平江（今苏州）知府王希吕和几位朋友聚会，每次花费高达一千贯。嘉泰年间，成都三司互相请客吃饭，一顿三千四百多贯，建康（南京）六司一顿饭的花费，又比成都贵一倍，达到六千多贯。以上种种，实质上都属于政客的腐败现象，朝廷虽然屡屡有诏书要求严禁，但终宋一朝，都不能禁绝。

千年前的夏日冷饮长什么样

虽然没有现代化的冰柜和冰箱，但几千年来中国古人都能在夏天用冰解暑。在唐宋时期，人们发现了冰在夏日饮食中的妙用，但只在少数极富裕的人家中才能偶尔一见。而在宋代，冷饮进入了普通人的日常生活，成了街头巷尾立等可取的平民美食，吃冷饮成为炎炎夏日百姓生活的新风尚。

一 唐宋的赐冰

古人很早就把冰视为重要的资源，周代就有专门负责藏冰的机构，官员称之为"凌人"。唐代负责管理冰块的是膳部，藏冰和开冰，都有仪式感，《旧唐书·礼仪志》中有详细的介绍。能得到赐冰的当然只能是重要官员们，赐冰的数量与品质，都与等级相关。在普通士人中，夏天的冰算是个奢侈品。后唐冯贽的《云仙散录》（也有人说这本书出自北宋人之手）中说当年白居易诗名大盛，那时长安夏天时冰雪的价格与黄金白玉相同，但白居易作为诗坛大佬，却能够靠诗名获赠大量冰雪，按筐来取用。事实上白居易也是古代著名诗人中官位最高的人物之一，皇帝赐冰自然也有他的份儿，他的《谢恩赐冰状》就是得到赐冰后所上的谢状。

对于普通民众来说，夏日冰雪价同黄金，但对大权贵来说，冰块挥霍起来毫不眨眼。唐玄宗建有凉殿，里面积冰如山，还设有水力驱动的风扇车。《开

南宋·佚名《宫沼纳凉图》

描绘南宋宫廷妃子在池边纳凉赏花的情景。桌上的冰盘是富贵人家夏天避暑的标配

元天宝遗事》中说杨国忠家的子弟，一到三伏天，就请能工巧匠把大冰块雕琢成冰山，环列在宴席之间。客人们哪怕正在喝酒，也觉得寒冷难当，甚至需要穿棉衣避寒。这种"零耗电"空调的制冷能力可见一斑。

宋代开冰是在四月，"司寒之祭，常以四月，命官率太祝，用牲、币及黑牡、秬黍祭玄冥之神，乃开冰以荐太庙"，建隆二年（961年）以后，还设置了专门的职务"藏冰务"。宋代皇帝在不同的时节都有"时节馈饷"，就是赠给大臣们的节令赏赐。到了南宋，窖冰之法随着北方贵族的南迁传到南方，不仅官方大量藏冰，寺院等民间机构也都藏冰。此时朝廷赐冰的范围也有所扩大。南宋初年学士院官员三伏时可以得到一担冰，禁卫军也都可以在六月得到赏赐的冰雪，消解暑气。南宋皇宫每到夏天，都在皇帝常去的复古殿、选德殿、翠寒堂等地，摆放几十架子的大金盆，里面装满冰块，当时人形容"积雪如山"。同时还配合几百盆茉莉、素馨、建兰等花卉，香气馥郁，"不知人间有尘暑"，大学士洪景卢夏日三伏天来翠寒堂，冷得浑身战栗，皇帝赐他衣服添在身上才勉强能待在那里。

宋代民间也用冰来解暑。《东京梦华录》中说北宋末年的首都开封，"都人最重三伏，盖六月中别无时节，往往风亭水榭，峻宇高楼，雪槛冰盘，浮瓜沉李"，其中提到的"雪槛冰盘"，就是装有冰雪的器皿，放在殿内用来降温，是当时的纯天然"空调"。

赐冰制度在后世得到了延续。明代一般是立夏日前后"启冰赐文武大臣"。皇宫中的权贵用冰非常奢靡，魏忠贤外出有专门的大车用以载冰。明熹宗的奶妈客氏则是用大凉棚储藏海量的冰块。明代以来还有民间采冰销冰的行业，卖冰的商贩"手二铜盏叠之，其声嗑嗑，曰冰盏"。清代皇家夏天当然也要大量用冰，且发放冰块的范围进一步扩大。工部给官员们发冰票，

唐·韦氏家族墓壁画《宴饮图》（局部）

大家自己拿着票去领取。市民中也大量用冰来避暑，主要的方式还是将冰放入冰盆、冰盘或者冰桶里，摆放在房间中吸收热量。

二　唐宋就有冰激凌吗

1988年在长安县（今陕西省西安市长安区）出土的唐中宗李显皇后韦氏家族墓的壁画中，有一幅被命名为《宴饮图》（也叫《野宴图》），图中共有21人，其中9人围坐一张摆满菜肴和餐具的大方案（唐代称之为食床）边。案上居中食物形似盆景，像一座小山矗立在盘子里，有学者考证认为这个叫作"酥山"，其底层为冰，主体部分是奶油和酥油之类，最上面装饰花朵、彩树，是夏日用来解暑的冷饮，大致接近于今天所说的冰激凌。也有学者推测，酥山的造型做好后，需要送到冰窖冷冻，最后成形。

在唐代壁画中还被认为有酥山图像的，有1971年在章怀太子墓中揭取的壁画中的《侍女内侍图》。图上一位身穿翻领胡服的侍女双手捧着一个长方形的器具，其中有白色冰块状的物品，有人认为是冰盘，也有人认为就是酥山。章怀太子墓中还有一幅被命名为《捧盆景侍女图》的图像，几位侍女手捧花盆状和盘状容器，容器中有花枝竖立，最初被判定为盆景，1979年王世襄先生曾以此图为例证发表了《盆景起源于何时》的文章，此后这一观点成为学术界共识。2005年孟晖先生将此图像与唐代传世文献《苏合山赋》进行对比，认为这就是酥山（苏山），看起来像是插在花盆中的植物，正与该赋中"岂若兹山，俎豆之闲，装彩树而形绮，杂红花而色斑，吭其味则峰峦入口，玩其象则琼瑶在颜"的记录相吻合。唐人在制作这种美食时，本来就会将其塑成山峰之形，并装饰以彩树、红花等，从画面来看，确实与盆景类似。后来陆续有学者撰文支持孟晖的观点，提出一些新的证据，如图像中的容器和其他唐墓壁画中的器物接近，都是金银器和玻璃器，作为盛放酥山的盘子似乎比盆景盘子更合理。

无论这些图像是否是酥山，唐代确实有一种叫酥山（也写成"苏山"，苏、酥为异体字）的冷饮。除了上述《苏合山赋》的详细描述，唐末五代词人和凝（898—955年）在其《春光好·一名愁倚栏令》里写到"玉指剪裁罗胜，金盘点缀酥山"，和凝《宫词》中又有"暖金盘里点酥山，拟望君王子细看"的句子，都可作为佐证。

流传至今的唐代韦巨源《烧尾宴食单》中有58道菜，其中有道菜看起来类似酥山，叫作"玉露团"，注释为"雕酥"，从字面看是一种奶油制成的象形食物，和酥山类似。北宋初陶谷的《清异录》中记载有人请客，有道菜叫酥夹生，客人吃后念念不忘，但不知道叫什么名字，过了几天又来问：上次吃的

唐·章怀太子墓壁画《侍女图》
侍女手中所持为酥山

那个入口感觉很冰凉，然后很快就融化在嘴里的东西还有吗？（原文是：入口寒而消者尚可得否）主人骗他说这个叫龙髓膏，是用金牛国进贡的寒消粉煎制而成，哪有可能再吃到呢？龙髓膏、金牛国、寒消粉自然都是子虚乌有，这个食物用酥大抵是经过冰镇制成，但因为这个故事，后人也把这类食物叫作寒消粉。唐代宝历年间，宫廷中还有种只在夏天最炎热时享用的"清风饭"，是用水晶饭、龙睛粉、龙脑末和奶酪浆调制而成，装入金提缸，垂到冰池中等待凉透再食用。

三 夏日限定美食"樱桃乳酪"

"酥山"这个名词在宋代还在使用。宋初文坛很有影响力的田锡写过一篇《群玉峰赋》，其中说"以玲珑类而言之，则春宴金盘，点酥山而皎洁"，是说这玉峰比酥山这种食物更加皎洁。北宋后期词人王安中的《蝶恋花》中有"未帖宜春双彩胜，手点酥山，玉箸人争莹"的句子。《永乐大典》所存徐安国《西窗集》中有"雕盘深缕锦文回，几点酥山玉未摧"之句。

宋代夏日更流行"冰乳酪"，樱桃与乳酪是当时夏日甜点的绝配。这种搭配唐五代就已经出现，其时北方人用樱桃伴着乳酪吃，是汉果和胡食的第一次遭遇。当时进士及第，有所谓"樱桃宴"，参与者享用樱桃、糖、乳酪制成的美食。樱桃裹上乳酪，样子就像一颗颗仙丹，杜牧有一首写樱桃的诗中说"忍用烹酥酪，从将玩玉盘。流年如可驻，何必九华丹"。皇家也享用这种美味，五代和凝诗句有"君王宣赐酪樱桃"。到了宋代，樱桃乳酪更是成为全民美食，陆游《初夏》诗句"槐柳成阴雨洗尘，樱桃乳酪并尝新"正是生动描述。初夏时节，天气转热，此时"雨过园亭绿暗时，樱桃红颗压枝低"，樱桃上市，很多卖花人都临时转行卖起了樱桃。乳酪在南北朝时期进入中原，早期尚不为大多数人所接受，直到唐代才开始流行，宋代则成了全民喜爱的日常美食。朝廷设立有乳酪院，负责为御厨提供酥酪。民间送礼也经常选择乳酪，有的官员行贿，一次送千斤。夏天用冰处理过的乳酪尤其适合解暑，再配上新上市的樱桃，堪称美味。

如果此时心爱之人正在身边，两人一起享用这樱桃奶酪，更是神仙生活。宋代民间流传的《南歌子》词云："烟媚莺莺近，风微燕燕高。更将乳

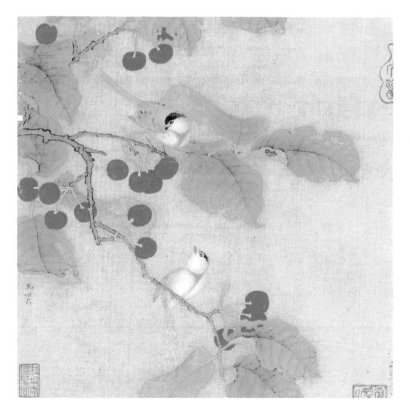

南宋·马世昌《樱桃黄雀图》
图中所绘折枝樱桃鲜红欲滴

酪伴樱桃。要共那人一递、一匙抄。"有人说这首词的作者是宋徽宗。樱桃乳酪已经足够甜蜜，但如果是心上人亲手喂到嘴边，那就更胜却人间无数了。元代诗人笔下的"画阑芍药笼灯照，银碗樱桃和酪供。公子清谈霏唾玉，佳人低唱敛眉峰"，也描述了类似的情景。

四 宋代市井中的冰雪凉水

金盆酥山显然是极为豪奢的人家才能享用的美食，宋代普通人在高温天使用的冷饮统称为"凉水"，加冰的也叫"冰水"，因为是解渴之用，也叫"渴水"。我们今天的生水、凉白开之类，宋人大都叫作"冷水"，南宋皇宫在中和节组织后宫妃嫔斗百草，有娱乐性的赏罚，其中惩罚措施就是舞唱、吟诗、念佛、饮冷水、吃生姜之类。

南宋临安有一些铺子专卖的"凉水"很有名，例如中瓦前的皂儿水和张家豆儿水、杂货场前的甘豆汤、孝仁坊红权子的皂儿膏、通江桥一带的雪泡豆儿水和荔枝膏等等。

皂儿水也叫水晶皂儿，是把皂荚树的种子煮熟后浸泡在糖水中制成的。皂荚在当时也被用来洗衣服，浙江一带没有皂荚树，而用类似的树代替，其果实叫作肥珠子。这种树的果肉和子都生得肥大，宋代人为了区别它和皂荚树，就把其制品叫作肥皂，这个词我们今天还用，不过指代的东西变成了化工皂。

豆儿水则是将黑豆用植物灰浸泡，再用过滤后的汁水煮制。冰镇之后是当时常见的夏日凉水，白天和夜市都有专门售卖的摊贩。

荔枝在唐宋时非常名贵，在北方尤其难得，但大街上的荔枝膏实际上并非用荔枝做成，而是用乌梅制作。挑选肥大的乌梅，用水浸洗干净，将果肉研磨至烂，加入白砂糖熬煮，过程中加入大量生姜汁水和一点桂末。比较高端的做法还会加入麝香之类。荔枝膏做好后用水冲开，冰镇后饮用。这道饮品可以生津止渴，去烦。不仅荔枝膏中没有荔枝，当时流行的荔枝水、荔枝汤、荔枝香、荔枝浆，无一例外，原料中都没有荔枝，基本上都是用乌梅。

卤梅水、姜蜜水、木瓜汁、金橘团、紫苏饮之类，大都是加水加糖和一些香料煎煮，在元代的《饮膳正要》中的"诸般汤煎"中记载有具体做法。其中卤梅水是清代盛行的酸梅汤的原型，宋末元初时也称之为乌梅汤，是用乌梅、沙糖、姜汁及少量檀、桂脑、麝末制成。在《红楼梦》里，贾宝玉挨了打，只想喝酸梅汤。

椰子酒是用椰子浆发酵而成，南宋周密在《齐东野语》中说："今人以椰子浆为椰子酒，而不知椰子花可以酿酒。"实际上唐代就有用椰子花做饮品，唐代殷尧藩《寄岭南张明府》诗中说"椰花好为酒，谁伴醉如泥"。

南宋临安卖梅花酒的铺子非常雅致，店铺中邀请鼓乐吹《梅花引》曲伴奏，虽然梅花酒并不是真正的酒，但也跟酒店一样，论一角二角来卖。一角是宋制的四升，用现在的单位就是800ml。《水浒传》里梁山好汉喝酒，基本上是一人一角。例如鲁智深、史进、李忠三人在潘家酒楼喝酒，一共就要了四角酒。

古人讲药食同源，上面提到的不少饮品不仅可以解暑，也可以用来治夏天的疾病，经常出现在古代医书里。比如甘豆汤，就是甘草、黑豆加上一点淡竹叶或生姜煎制，可以解药毒，治热证、风证、大便不通、肾腰疼、小儿胎热等。再如缩脾饮，可以驱暑和中、除烦止渴，方子是将砂仁、乌梅肉、草果、甘草各四两，干葛、白扁豆各二两，水煎，冷服。但缩脾饮喝多了容易导致脾脏虚弱。

除了冷饮，宋代还有不少夏日限定食物如砂糖冰雪冷元子，再如夏天上市的鸡头米等，也加糖蜜后冰镇，成为独特的风味美食。当时端午节的粽子也有冰镇的吃法。

冷淘也是宋代夏天广受欢迎的冷食，最常见的叫"槐叶冷淘"，苏轼有诗"青浮卵碗槐芽饼，红点冰盘藿叶鱼"，冷淘再配上冰镇的生鱼片，大饱口腹之欲。冷淘实际上是类似今天的凉粉、凉皮一类的食物，淘就是淘洗的意思，今天北方做凉皮，还是用面粉淘洗之后蒸煮而成。当时也有把凉面叫冷淘的，苏轼发明过一种"翠缕冷淘"，《山家清供》中有"自爱淘"。

所谓槐叶冷淘，就是在和面的过程中加入槐叶芽儿挤出的汁水，最后做成的凉粉是绿色的，碧鲜照箸。这种食物在唐代已经开始流行，杜甫在诗中就写过槐叶冷淘："青青高槐叶，采掇付中厨。"宋人为了口感更加凉爽，往往还会加冰，苏辙说"冷淘槐叶冰上齿"。宋代有种杂技表演，叫"倒吃冷淘"，演员身体极为绵柔，可以站立后整个腰部以上全部后仰，脸部朝天，还能吃冷淘，可以想象其画面很有张力。冷淘也是当时寺庙夏日待客的美食，不少寺院的冷淘是"打卡美食"，所谓"槐叶冷淘时供客，莲华刻漏夜参禅"。

吃冷淘还有个有趣的故事，明代笔记《五杂组》中说，苏东坡和秦少游有次争论人身上长的虱子，到底是生于衣服上的棉絮还是生于身体上的污垢，争论不休，互相不能说服对方，于是决定找佛印法师做裁判。为了能赢，两人半夜都分别偷偷去"贿赂"裁判，一个说：你要是判我赢，我就设宴请你吃馎饦（类似面片汤）。另一个则许诺吃冷淘。第二天两人各自满怀信心来到佛印面前，佛印说：虱子这事很好解释，它有身子是因为人身上有污垢，而它有脚则是因为人身上穿棉絮。好了，现在你们一个请我吃馎饦，另一个再请我吃冷淘。

什么是"顶奢"龙凤茶

陆羽《茶经》中就开宗明义："茶者，南方之嘉木也。"中国是茶叶的发源地，全球语言中关于"茶"的词汇，读音几乎都来自汉语北方发音（cha）或闽南语发音（te）。现在一般认为巴蜀地区最早兴起茶业，秦朝以后开始向东部和南部传播。早期茶叶可能是作为一种药品被服用，汉代以后又作为一种食物，与芝麻、桃仁等一同烧煮成粥食用。唐代以后，随着佛教禅宗的影响，饮茶之风大盛。明代屠隆《茶说》云："茶事之兴，始于唐而盛于宋。读陆羽《茶经》及黄儒《品茶要录》，其中时代递迁，制各有异。唐则熟碾细罗，宋为龙团金饼。"

宋代是茶文化真正兴盛普及的年代，既有顶级奢靡的茶饼，也有普通人家日常生活必备的茶叶。宋代社会上至帝王、下至乞丐都好饮茶。王安石曾说茶叶在民用之中，正和米、盐一样，不可一日或缺。南宋《梦粱录》中说"盖人家每日不可缺者，柴米油盐酱醋茶"，这句话后来演变成了中国人耳熟能详的一句俗语："早晨起来七件事，柴米油盐酱醋茶。"

一 顶奢的北苑贡茶

贡茶就是进贡皇室的茶叶，南北朝时期就有一些大臣向皇帝贡茶，形成制度则始于唐代，最早是湖州、常州一带的顾渚山紫笋茶，宋代更进一步，延续了南唐时北苑使在福建建安凤凰山（在今南平建瓯市）一带的贡茶基地，形成北苑茶园，专门供奉御用。北苑茶园是一个整体概念，下属茶园的数量有流动变化，北宋时一度有茶园三十九所，南宋淳熙年间，北苑共有茶园四十六所。

北苑贡茶的制作工艺非常精美，茶叶采摘后进行蒸造，然后需要研磨，最后装入模具定型。这种茶的茶汤光洁如银，仿佛融化的蜡液，也称之为蜡茶。从建州出产的建茶开始，发展出宋人茶汤尚白的审美，后来建茶中还出现独特的品种白茶，被宋人认为是建茶第一。宋徽宗认为白茶蒸焙得宜、制作精微，则"表里昭澈，如玉之在璞，他无与伦也"，是其他茶叶无法比拟的。

北苑最早进贡的茶饼，名为龙团、凤团，也叫龙凤茶。这种茶团仿龙凤之形，打开包装，映入眼前的便是活灵活现的盘龙和飞凤，精美绝伦。皇帝也常用龙凤团来赏赐近臣，"龙茶以供乘舆，及赐执政、亲王、长主，余皇族、学士、将帅皆得凤茶"。

宋仁宗时进贡的茶饼又增加了小龙团和小凤团。宋代皇族非常独特，儿子往往早夭，十八位帝王中除去三位未能成年就去世或退位的，剩余十五人中竟有宋仁宗、宋哲宗、宋高宗、宋宁宗、宋理宗五人无子继位。这一局面始于宋仁宗，他有三个儿子但全都早早夭折，晚年大臣们总是劝立太子，让他非常失落，当时担任福建路转运使的蔡襄便别出心裁，让北苑制作了小龙团和小凤团进贡，宽慰为太子一事心烦意乱的仁宗。仁宗内心大概是高兴的，表面上却斥责小团茶不合旧制，要对蔡襄治罪，其他大臣自然心领神会，纷纷求情，于是仁宗便顺水推舟，不但没有对蔡襄治罪，小团茶也成了每年进贡的定例。宋仁宗对小龙团非常珍惜，极少赏赐大臣，只在祭祀南郊之后，才给几位宰相赐一饼，让他们分着用。为了体现珍贵，宫中会用金箔剪成龙凤图案贴在小茶饼上。得到赏赐的大臣也舍不得用，都是收藏起来，聚会时拿出来给大家欣赏。

南宋·刘松年《撵茶图》

图中呈现宋代点茶法。画面左侧两位侍者正在备茶，一人跨坐矮几之上，手推茶磨撵茶，边上放置有棕制茶
帚与拂末，用途是拂聚茶末。另一人立于桌边，左手持茶盏，右手拿着茶瓶正在点茶。茶桌前的风炉中炉火
炽热，其上的提梁镬正在烧煮沸水。茶桌上摆放的分别是茶筅、青瓷茶盏、朱漆茶托、玳瑁茶末盒等

直到宋仁宗去世前一年，才舍得在重要祭祀后给重要的大臣一人一饼。欧阳修
在仁宗朝担任重要官职二十多年，也只得到一饼，他也一直舍不得用，每次拿
来捧玩，想到已经去世的仁宗，难免泪流满面。

　　从小龙团、小凤团之后，北苑贡茶越来越精细，宋神宗时出现了更加精美
的"密云龙"，茶饼越来越小，图案却越来越精致，制作工艺也越来越精细。
密云龙只供皇宫享用，终神宗一朝，始终不赐给大臣，直到神宗去世，年方九
岁的哲宗继位，太皇太后高氏垂帘听政，为了拉近和大臣们的关系，高太后这
才给宰相赏赐密云龙，每人也只是小丝囊里小小一包而已。开了这个头，其他
没有得到赏赐的人就想尽办法托人去求，让皇亲国戚们去找太后讨要，太后

说：我给你们一批小龙团如何？但他们还是不依不饶，就是想尝尝密云龙，搞得太后不胜其烦，抱怨说："令建州今后不得造密云龙，受他人煎炒不得也！出来道'我要密云龙，不要团茶'，拣好茶吃了，生得甚意智！"尽管如此，此后密云龙还是慢慢开始赏赐宰相等重要大臣，宰相最多时可以拿到十饼，一般可以拿到三饼。后来，宋哲宗将密云龙改为"瑞云翔龙"。

早年的大龙茶、大凤茶每斤八饼，而小龙茶则是每斤十饼，到了密云龙则是每斤二十饼，只有小龙茶的一半重。到了宋徽宗时期，重量无法再"内卷"，便在材料上做文章，出现了"龙团胜雪"，只取茶叶嫩芽中心如针细的一缕来制茶，称为银线水芽，用模具制成小小茶饼后，有精巧的小龙蜿蜒在饼上。除了龙团胜雪，宋徽宗时北苑进贡的御茶有数十种，形状或方或圆，上面压制有不同图案，足可见宋徽宗的奢靡与审美。在这些供茶中，有的制作出来就是为了赏赐大臣，比如叫"启沃承恩"，显然是为赏赐大臣而定制的。

南宋迁都杭州，宋高宗晚年恢复了北苑贡茶，一直延续到南宋灭亡。制作工艺和名目都不再有创新，大概是因为宋徽宗时期已经登峰造极，后人再难超越。

二 斗茶与分茶

宋代茶叶生产主要有六道工序：采茶，拣茶，蒸茶，研茶，造茶，焙茶。饮用的时候一般都要先将其碾碎成末。当时流行的饮茶方式与唐代不同，由唐之煎茶法演变为点茶法。所谓的煎茶法，根据陆羽《茶经》的记载，就是水第一次烧开后加少许盐，再次沸腾时加入茶末，第三次沸腾时茶就煎好了。而点茶法是在煎茶法的基础上进一步发展而来，点茶之前需要碾茶，茶叶需要磨成粉末并过筛。点茶法不加盐，先用沸水将茶盏烫热，将筛过的茶末放入茶盏，再加入沸水调成膏状，之后再点入沸水，此时可以用工具轻轻搅动茶膏，等到茶汤表面浮起乳沫时茶便冲好了。

斗茶最早出现在唐代，曹邺（约816—875年）《梅妃传》载："上（玄宗）与妃斗茶，顾诸王戏曰：'此梅精也，吹白玉笛作惊鸿舞，一座光辉，斗茶今又胜我矣。'"宋代非常流行斗茶，其实就是茶叶品质和调茶手法的比拼。江休复《嘉祐杂志》中就记有蔡襄与苏舜元斗茶的故事，苏舜元所使用的茶品质虽然劣于蔡襄，但因为用竹沥水煎茶，因而胜过了蔡襄。范仲淹有《和章岷从事斗茶歌》一诗："鼎磨云外首山铜，瓶携江上中泠水。黄金碾畔绿尘飞，紫玉瓯心雪涛起。斗余味兮轻醍醐，斗余香兮薄兰芷。其间品第胡能欺，

南宋·刘松年《茗园赌市图》

画中所绘为宋代街头民间斗茶情景。茶贩或注水点茶，或提壶，或举杯品茶。图右有一挑茶担卖茶小贩停肩观看，又有一妇人一手拎壶，另一手携小孩，边走边看斗茶

元·钱选（传）《品茶图》
绘六人相遇斗茶场景

宋·佚名《斗浆图》（局部）
所绘亦为斗茶情景

十目视而十手指。"形象展示了斗茶的情景。在传世的图像中，有刘松年《茗园赌市图》《斗浆图》《品茶图》等。

宋代点茶的茶艺中有种技艺叫作分茶，这和分茶酒店中的分茶是两回事。分茶类似今天的咖啡拉花，是在茶汤上用点茶形成的白沫创作出各色图案，也被称为"茶百戏""汤戏"。最早发明这项技艺的是五代时期一个叫文了的法师，他曾为南平国开国君主高季兴表演，让高氏大为惊叹，称其为"汤神"，并给他弄了一个"华定水大师"的封号，当时人们都把文了称为"乳妖"。当时的茶艺师在这个方向大胆创新，能够使得"禽兽虫鱼花草之属纤巧如画"，这些图像实际上是点茶时的浮沫，所以须臾之际就会散灭，可谓刹那生灭的华美。北宋初年有一位叫福全的法师，把分茶和诗文结合，能在一盏茶上作出一句诗，如果需要完成一首四句绝句，就同时点四盏茶，信众们每天都跟着看这种汤戏。福全法师自己曾写诗"生成盏里水丹青，巧画功夫学不成"，后人也因此把这项技艺叫作"水丹青"。

宋代分茶的代表人物多是僧人，大概是因为有不少僧人践行"禅茶一味"，专注于此道。南宋大诗人杨万里的长诗《澹庵坐上观显上人分茶》是关于分茶的精彩文献，记录了他观看一位叫显上人的僧人表演分茶的情景："分茶何似煎茶好，煎茶不似分茶巧。蒸水老禅弄泉手，隆兴元春新玉爪。二者相遭兔瓯面，怪怪奇奇真善幻。纷如擘絮行太空，影落寒江能万变。银瓶首下仍尻高，注汤作字势嫖姚。不须更师屋漏法，只问此瓶当响答……"种种神奇的图案在老僧的手下瞬息而变，令人惊叹，这大概让杨万里更能体会佛法中的梦幻泡影与诸法实相。

北宋·赵佶（传）《文会图》（局部）
图像中人物正在点茶

顶级美酒为何取名"蓝桥风月"

宋江看罢浔阳楼，喝采不已，凭阑坐下。酒保上楼来，唱了个喏，下了帘子，请问道："官人还是要待客，只是自消遣？"宋江道："要待两位客人，未见来。你且先取一樽好酒，果品肉食，只顾卖来。鱼便不要。"酒保听了，便下楼去。少时，一托盘把上楼来，一樽蓝桥风月美酒，摆下菜蔬时新果品按酒，列几般肥羊、嫩鸡、酿鹅、精肉，尽使朱红盘碟。宋江看了，心中暗喜。

这是《水浒传》第三十九回中的一段文字，宋江就是痛饮了这"蓝桥风月"酒后，醉写反诗，之后引出了"梁山泊好汉劫法场，白龙庙英雄小聚义"这一名场面。宋代有种种名酒，名字都很有意境，蓝桥风月就是其一。

一 正店名酒

在前面章节中已经聊到，宋代实行酒类专营，售酒的机构有官库、子库、脚店和拍户四种。政府在各地设立的官酒库，既酿酒，也开设酒店卖酒。《水浒传》这一回在描述浔阳楼时说酒楼前挂着一面酒旗，上面写着"浔阳江正库"，这正是官酒库的标志，说明浔阳楼是官酒库开设的酒楼；拍户不能酿酒，而是从官酒库酒楼批量酒后零售；正店向政府购买酒曲后自行酿酒；脚店从正店批量买酒后零售。四者中只有官酒库和正店能够酿酒。

明·杜堇《水浒人物全图》（局部）
图中左立者为宋江

　　在宋代，可以酿酒的机构除上述官酒库和正店外，还有专门为皇宫酿制用于饮用、赏赐礼仪的酒和曲的内酒库、法酒库、都曲院等，此外地方政府可以酿造公务用酒"公使酒"、一些皇亲、重臣府邸也自行酿酒，这些酒都内部使用，并不售卖。普通百姓也可以少量酿酒用于节庆自饮，只要不出售，都不算违禁，宋代诗文中经常提到的村酒、蜡酒、社酒、土酒就属于此类。

　　二　自酿名酒

　　若论酒的品质高端、酒名好听，还要数那些并不在市场售卖的名酒，对此，笔者整理了一份清单如下：

　　北宋各位后妃家族所酿名酒，有香泉（高太皇）、天醇（向太后）、醽醁

（张温成皇后）、琼酥（朱太妃）、瑶池（刘明达皇后）、坤仪（郑皇后）、瀛玉（曹太后）；宰相家所酿的名酒，有庆会（蔡太师）、膏露（王太傅）、亲贤（何太宰）；亲王家所酿名酒，有琼腴（郓王）、兰芷（肃王）、位椿龄（五王）、琬醑（嘉王）、重酝（濮安懿王）、玉沥（建安郡王）；国戚家则有金波（李和文驸马献卿）、碧香（王晋卿）、醽醁（张驸马）、成春（曹驸马）、香琼（郭驸马献卿）、瑶琮（大王驸马）、清醇（钱驸马）；大宦官家所酿，有褒功、光忠（童贯），嘉义（梁开府）、美诚（杨开府）。

北宋其他机构和地方所酿酒，名称众多，例如开封府有瑶泉，北京（今河北邯郸）有香桂、法酒，南京（今河南商丘）有桂香、北库，西京（洛阳）有玉液、醁醾香，等等。相较而言，北宋的酒名以二字为主，取名相对比较克制，到了南宋，取名更加潇洒。周密《武林旧事》中列举当时不少名酒：蔷薇露、流香（并御库）[1]，宣赐碧香、思堂春（三省激赏库），凤泉（殿司），玉练槌（祠祭），有美堂、中和堂、雪醅、真珠泉、皇都春（出卖），常酒（出卖），和酒（出卖并京酝），皇华堂（浙西仓），爰咨堂（浙东仓），琼花露（扬州），六客堂（湖州），齐云清露、双瑞（并苏州），爱山堂、得江（并东总），留都春、静治堂（并江闽），十洲春、玉醅（并海闽），海岳春（西总），筹思堂（江东漕），清若空（秀州），蓬莱春（越州），第一江山、北府兵厨、锦波春、浮玉春（并镇江），秦淮春、银光（并建康），清心堂、丰和春、蒙泉（并温州），萧洒泉（严州），金斗泉（常州），思政堂、龟峰（并衢州），错认水（婺州），毂溪春（兰溪），庆远堂（秀邸），清白堂（杨府），蓝桥风月（吴府），紫金泉（杨存中郡王府），庆华堂（杨驸马

1.周密《武林旧事》中列举了当时不少名酒及酿造地，所引的扩号内指的是产地。

府），元勋堂（张俊府），眉寿堂、万象皆春（并荣邸），济美堂、胜茶（并谢府）。《梦粱录》和《西湖老人繁胜录》也都列举有酒名，去除重复，还有青碧香、宣赐小思、龙游新煮酒和雪腴、夹和、步思小槽等，其中齐云清露、错认水、蓝桥风月、第一江山、万象皆春之类的酒名，令人拍案叫绝。

　　这个单子里"玉练槌"之前是皇室和政府部门所酿的内部用酒。"有美堂"至"和酒"是官库酿酒，可以销售，普通人也可以喝到。"皇华堂"至"縠溪春"，是地方政府酿造的公使酒。自"庆远堂"以下，都是各权贵人家的家酿酒。其中顶级的自然是蔷薇露和流香，流香经常被赏赐大臣，蔷薇露则只有皇帝、皇后等人才能享用，大臣们极少能喝到，但也不是全无机会。淳熙三年（1176年）皇太后大寿，侍宴官都得赐金盘盏、匹缎和蔷薇露酒。除此之外，极个别和皇帝特别亲近、深受信任的官员偶尔也能喝到，例如当过翰林学士兼侍读、同知枢密院事的周麟之就曾喝过蔷薇露，他为此写了一首长诗，其中写道："君不见白玉壶中琼液白，避暑一杯冰雪敌。只今名冠万钱厨，此法妙绝天下无。又不见九重春色蔷薇露，君王自酌觞金母。味涵椒桂光耀泉，御方弗许人间传。向来我作金门客，不假酿花并渍核。日日公堂给上尊，时时帝所分余沥。"

　　在这个清单中，我们又看到了"蓝桥风月"这个名字。

三　蓝桥风月的故事

　　酿造蓝桥风月的吴府，就是宋高宗赵构吴皇后家。吴氏十四岁入宫，后侍奉赵构，赵构登基后封吴氏为和义郡夫人，又累晋封为才人、婉仪、贵妃。绍兴

南宋·刘松年（传）《十八学士图卷》（局部）

图中人物正在雅集饮酒。此图《石渠宝笈三编》著录为刘松年所作，今学者考证或为明人作品

十三年（1143年）被册立为皇后，时年二十九岁，此后"追王三代，亲属由后官者三十五人"，祖上三代都追封为王，亲戚有三十五人得到高官。赵构退位做太上皇之后，她成为太上皇后。赵构去世后她又活了十年，先后成为皇太后、太皇太后，在八十岁时还应大臣们的请求短暂垂帘听政，去世时已经八十三岁高龄，谥曰宪圣慈烈皇后。

吴府所酿美酒取名"蓝桥风月"，名称来自唐代裴铏《传奇》中的裴航爱情故事。故事发生在唐代长庆年间，有一位叫裴航的秀才，参加科举不幸落榜，去湖北鄂州拜访友人。友人赠给他二十万钱，他回长安经过湘水、汉水，在大船上邂逅了一位国色天香的樊夫人，但每次见面问候都隔着帷帐，不能一睹美人容颜，于是裴航贿赂了侍女袅烟，送去情诗："同为胡越犹怀想，况遇天仙隔锦屏。倘若玉京朝会去，愿随鸾鹤入青云。"诗送去后却久久没有回音，裴航屡次去诘问袅烟，袅烟跟他说"娘子看到诗视若无睹，为之奈何？"裴航也没办法，但在路上买到了一批好酒珍果，给樊夫人送去，夫人这才请他到屋内一叙。等见到樊夫人容颜，只见其玉莹光寒、花明丽景、云低鬟鬓、月淡修眉，分明是神仙中人。裴航只觉得自己凡夫俗子，自惭形秽，嗫嚅着不知道说什么。夫人早已知晓他的心意，告诉他："我的丈夫在汉南，要弃官归隐山林，我此行就是去跟他最后见一面，路上生怕赶不上，哪里还有心思去考虑其他呢？这一路和你也算同舟共济，希望不要来言行戏弄。"裴航只好连说不敢。裴航走后，夫人让袅烟给他送来一首诗："一饮琼浆百感生，玄霜捣尽见云英。蓝桥便是神仙窟，何必崎岖上玉清。"裴航读完这首诗，只是觉得惭愧敬佩，但也不能明了诗中内容。此后夫人没有再和他见过面，只是偶尔让袅烟来寒暄几句。船到襄阳后，夫人和袅烟就带着全部行李不告而别了，所有人都不知道她们的去向，裴航四处打听，她们却好像人间蒸发一般，毫无踪影。

裴航只能将这份情意暗藏心底，继续向长安进发。路过蓝桥驿附近，裴航口渴得厉害，于是去路边找水喝，看到三四间低矮逼仄的小茅屋，屋前有一位老婆婆在缝粗布。裴航向老人讨水喝，老人向屋子里喊了一句："云英！快拿水出来，有位相公要喝水。"裴航听到云英这个名字非常惊讶，因为他想起来樊夫人送他的诗里就有这两个字。不一会儿，有一双玉手从芦苇窗帘伸出来，手里捧着一个瓷碗。裴航接过瓷碗一喝，只觉得是琼浆玉液，异香氤氲。还碗时，裴航猛地揭开窗帘，映入眼前的是一位露裛琼英、春融雪彩、脸欺腻玉、鬓若浓云的美女，他一下子呆住，在原地动不了身，于是跟老婆婆说："我的马也很累了，能不能借您这里休息，我一定好好答谢。"老婆婆答应了他，裴航便有了借口留在这里。休息够了，他就跑去跟老婆婆说："我刚刚看到小娘子的容貌，惊为天人，所以踟蹰不已，不愿离开，希望能厚礼下聘，娶她为妻。"老婆婆说："她很早就许了人家，只是还没有过门。我又老又病，只有这一个孙女。昨天有神仙路过，送给我一服灵丹，但需要用玉杵臼捣一百天才能服用，之后就会长寿不老。你想要娶我的孙女，就得给我找来玉杵臼。至于其他的金银财富，对我都没有任何用处。"裴航跟她约定："请以一百天为期，我一定把玉杵臼带来，请务必不要将她嫁给别人。"老婆婆答允了。

裴航到了长安，完全不关心科举考试的事情，每天在最热闹的街巷高声打听玉杵臼的消息，却毫无收获。他一心一意都放在这事上，有时候路上遇到以前的朋友，他也认不出来，大家都说他精神不正常。直到一个月后，遇到一个卖玉的老人告诉他："最近从虢州药铺卞老那里接到一封信，说他有玉杵臼在卖，既然你苦苦寻求，我帮你写信要过来。"不久果然送来了玉杵臼，开价二百缗[1]，裴航倾囊付钱，又卖掉了骏马和仆人才凑够数。

他一个人带着玉杵臼回到蓝桥，当日的老婆婆笑道："竟有如此守信的男子！我岂能因为爱惜自己的孙女，而不报答你带来玉杵臼的辛劳。"云英也微笑说："是这样，但还需要让你帮我捣药一百天，我们才能讨论婚姻的事情。"老婆婆取出药，裴航就开始了捣药的日子，晚上休息时，老婆婆会把玉杵臼收到屋中。但他在夜里还能听到房间有捣药的声音，于是偷偷窥探，竟然看到一只玉兔在拿着玉杵臼捣药，浑身散发雪白光芒，照彻整个房间，兔子身上的绒毛都清晰可见。此事之后，裴航反而更加用心捣药，到了一百天，老婆婆吞下捣好的药，跟裴航说："我要带着云英去告诉亲戚，准备婚事，请你在这里稍微等候。"过了不久，有车马仆人前来迎接裴航，将他带到一处豪华府邸，仿佛是权贵人家的住处，男女侍从带着他拜见老婆婆，想到近期的神奇

1.一缗钱等于一千文。

南宋·刘松年《醉僧图》
所绘似是怀素醉后挥毫草书的情景

遭遇，不由泪目，老婆婆跟他说："裴航你本身是清灵裴真人子孙，因为业力出世，不用感谢我。"并带着他拜见各位嘉宾亲戚，多是神仙中人，最后有一位仙女，是云英的姐姐，裴航向她行完礼，她却开口说："你难道不记得我了吗？"原来她就是当时同船的樊夫人。原来她叫云翘夫人，是刘纲仙君之妻，道法高深，是玉帝身边的女官员。裴航和妻子成婚后，隐居玉峰洞中，服食绛雪琼英丹，成为上仙。直到大和年间，他早年的朋友卢颢在蓝桥驿之西遇到他，听他讲述了上面这个得道成仙的故事。

这个发生在蓝桥驿的风月故事，在古代广为流传，宋人诗歌中经常引用，如潘玙的《东吴府金见山觅酒》中有"见说蓝桥风月好，愿分清致到吟边"的句子，吴儆诗中"蓝桥风月两相忘"，张安国有"红灯绿幕近黄昏，几醉蓝桥风月樽"之句。吴府也是用这个故事来为自家美酒取名，让美酒更增添一番传奇底蕴。在南宋末年的居家日用百科书《事林广记》中还保留了"蓝桥风月"的酿制方法，糯米浸泡后拌曲子，下浆水。

日本酿造的清酒大都用汉字命名，大都颇有意境或趣味，如月桂冠、越乃寒梅、上善若水、国士无双、一期一会、一滴入魂、獭祭之类，这大概是对中国宋代美酒名称的借鉴吧。

吃蟹酿橙与洗手蟹有何秘诀

晋朝有个名士叫毕卓，他一生的愿望，就是："得酒满数百斛船，四时甘味置两头，右手持酒杯，左手持蟹螯，拍浮酒船中，便足了一生矣。"一只手端起酒杯，一只手拿着蟹螯，人生之乐，莫过于此，这是多么潇洒的人生。后来宋代苏轼的诗句"万斛船中着美酒，与君一生长拍浮"，用的正是这个典故。

中国人很早就见过螃蟹这种动物。被选进中学教材的《荀子·劝学》中就说"蟹六跪而二螯，非蛇蟺之穴无可寄托者，用心躁也"，这是教育我们做人不能浮躁。不过我们见到的螃蟹都是八条腿，《荀子》里却说"六跪"，为什么呢？答案当然就是，抄错了。古代还真有人因为这个《劝学篇》吃了亏的。《世说新语》里记载东晋名臣蔡谟，到了江南看到一只蟛蜞，大为惊喜，说：这不就是传说中的螃蟹吗？马上让人煮好了端上来，吃完上吐下泻。名士谢尚听了这事就嘲讽他："卿读《尔雅》不熟，几为《劝学》死。"你不好好读读词典《尔雅》，弄明白螃蟹长啥样，读了《劝学》就到处乱吃，吃不死你！

宋代，尤其是南宋，是全民吃蟹的年代，宋高宗的宴席上有各种螃蟹制成的美食，孝宗特别痴迷于吃螃蟹，还曾因为食蟹过多而拉肚子。在市井小店中，几十种螃蟹美味异常诱人，其中最有代表性的，当属蟹酿橙与洗手蟹。

南宋·牧溪（传）《芦蟹图》
宋人画作中，有不少以蟹为主题的作品传世

一 为蟹写书的宋代人

用一个词来形容宋代吃蟹，那就是专业。五代开始，江苏就有了政府安排专门养殖螃蟹的"蟹户"，螃蟹产业开始形成。最能代表专业性的，则是当时出现的两本螃蟹专著，北宋傅肱的《蟹谱》和南宋高似孙的《蟹略》。

傅肱是北宋浙江绍兴人。《蟹谱》是世界上第一部有关螃蟹的专著，共两卷，上卷记录螃蟹的各种典故四十二条，下卷则记载自己所见所闻的和螃蟹相关的趣事二十四条，书写得"雅驯有趣"。这部书最大的特色是对蟹史的梳理，虽然并不是足够充分。对今天的读者来说，下卷对北宋时期流传的一些螃蟹相关轶事的记载最为有趣。这个书里还提到了寄居蟹，原文是说海里有种味辛的小螺，当时俗称辣螺，每到二三月份，这种小螺就会变成小螃蟹，有人看见小螃蟹的两个钳子都出来了，但下半身还是螺。傅肱觉得这是万物之间的神奇变化，感慨世界真是奇妙，还没有发现寄居蟹的秘密。今天民间还常说螃蟹不能与柿子同吃，最早也是傅肱提出来的。

高似孙是南宋浙江宁波人。《蟹略》有四卷，卷一有螃蟹传记、螃蟹起源和对螃蟹的考察，卷二对各地和各时节的螃蟹做了详细品鉴，卷三特别介绍了螃蟹相关的美食，卷四则介绍螃蟹相关的文艺作品、诗词歌赋。高似孙大概对自己的才华非常满意，所以在编这部著作时，大量收入了自己的诗句，多达六十多处，有时候还忍不住自己给自己"点赞"，加以点评，生怕别人看不出自己诗句的深美之处。相比于《蟹谱》中所记的只有寥寥几种食物，《蟹略》中记载的当时常见的"蟹馔"，就有十三种做法：洗手蟹、酒蟹、蟹蝑、盐蟹、蟹饳、蟹羹、糟蟹、糖蟹、蟹斋、蟹黄、蟹餪饠、蟹包、蟹饭。

二 洗手蟹、蟹酿橙与蝤蛑签

在宋代市井常见的螃蟹美食中，最有代表性的是洗手蟹和橙酿蟹，这两种食物在宋代大量书籍中都有记录，足见宋代人对它们的独特珍爱。

洗手蟹，也叫橙醋洗手蟹、蟹生，宋代很多文献中都有记载。其做法类似今天的生腌，将螃蟹生拆开，用盐、梅、茝、橙、椒、醋等配成的料汁腌制，客人才洗个手的工夫，这道菜就已经齐活了，因此得名洗手蟹。还有一种做法是生蟹剁碎后先加麻油炒熟，冷却后加入十种调料拌匀吃，调料分别是草果、茴香、砂仁、花椒末、水姜、胡椒、葱、盐、醋。南宋洪咨夔的诗中说"稻花秋晚蟹洗手，荠菜春初饷胶牙"，说的就是这类美味。

橙酿蟹，也叫蟹酿橙。蟹肥时也是橙黄时，宋代人将二者视为黄金搭档，陆游诗云："团脐霜蟹四腮鲈，樽俎芳鲜十载无。"张镃诗云："朱橙荐酒随冬蟹，翠蔓披墙引暮禽。"刘克庄则有诗云："叶浮嫩绿酒初熟，橙切香黄蟹正肥。"或许这几位大诗人，都曾品尝过这"蟹酿橙"。根据《蟹谱》《山家清供》等书的记载，这道菜的做法是将大橙子去顶，掏出果肉，留少许橙汁，再将蟹肉蟹膏放入橙子内部，再将顶盖盖回。用加了酒、醋的水蒸熟，最后洒一点苦酒和盐，当时人评价此菜"既香而鲜，使人有新酒菊花、香橙螃蟹之兴"。这道美食在明清不再风行，20世纪80年代就有杭州酒店仿制，在宋人做法的基础上有所创新，近年来更是有不少饭店和美食家复制。大抵宋人饮食较为清淡，今天的人则习惯了各种重口味的调料，各家在复制时都增添了一些元素，使之更符合今天人的口味。

蝤蛑签是南宋时期流行的美食，蝤蛑就是梭子蟹，比一般的螃蟹大一点。丁骘给苏轼送蝤蛑，苏轼写诗称赞："溪边石蟹小如钱，喜见轮囷赤玉盘。半壳含黄宜点酒，两螯斫雪劝加餐。蛮珍海错闻名久，怪雨腥风入座寒。堪笑吴兴馋太守，一诗换得两尖团。"小溪小沟里的石蟹不过一枚铜钱大小，而这蝤蛑却大得惊人，蒸熟上桌，犹如一只赤玉大盘。打开蝤蛑背壳，触目就是澄黄，酒兴不由就起来了，再斫出大螯的蟹肉，触目又是雪白，饭量都要大增。这种来自海洋的美味闻名已久，今天才得以一饱口福。这美味可是来之不易，是他拿一首诗换来的。蝤蛑签的做法是将梭子蟹蒸熟取肉，和其他佐料（提前剁碎）拌匀，用猪网油包裹成圆柱筒状，挂生粉浆后入油炸熟，捞起切片。样子有点像今天的油炸蟹棒。宋代有不少名为签的食物，大概都是类似的制作方法。

宋代这几道菜不仅普通人爱吃，贵族大家也非常喜爱。宋高宗一共去过两个臣子家中，一个是秦桧，另一个是张俊。绍兴二十一年（1151年）十月，张俊接待高宗的菜单被保留在《武林旧事》中，宴席中和螃蟹相关的菜品，就

南宋·佚名《荷蟹图》
笔法缜密严谨，画面意境生动，荷叶的枯败和雌蟹的鲜活形成强烈对比

有螃蟹酿枨、洗手蟹、螃蟹清羹、蝤蛑签、糟蟹。这场宴席我们在后面的章节中会详细聊到。当然帝王们的享用非常奢靡，与普通人不同。南宋御厨做蝤蛑签、蟹肉馄饨、蟹酿枨，往往只取两螯，其他便丢在地上，认为"非贵人食"，要是有人看着不忍捡回去，御厨就嘲笑"若辈真狗子也"。

我们今天吃螃蟹，最常见的是蒸后蘸姜醋直接食用，这种烹饪方式在明清两代才开始流行，但宋代也有人提倡这种回归本源的吃法。林洪《山家清供》中有道"持蟹供"，做法就是将大个儿的螃蟹肚脐朝天蒸熟，配合清醋、葱、芹，每人一支畅快嚼食，林洪的一位朋友还创造了一首吃蟹口诀："团脐膏，尖脐螯。秋风高，团者豪。请举手，不必刀。羹以蒿，尤可饕。"

三 南北吃蟹大不同

北宋时期，北方主要是山东沿海吃海蟹，其他地区吃螃蟹的，大概还是富贵人家。很多平民从没有见过螃蟹，《梦溪笔谈》里记载了一件趣事，说当时很多陕西人从没有见过螃蟹，有个家境好一点的，弄到了一只，但直到这螃蟹变干都没有敢吃，挂在墙上当装饰品。邻居们见了，吓得掉头就跑，以为是妖怪。后来见得多了，也慢慢就不怕了，但又觉得这东西可以辟邪。谁家里出了什么事儿，就把这干螃蟹借去挂在门口，居然往往有效。原来不仅人没见过这东西，连鬼也没有见过。

当然对于北方繁华首都和富贵人家，螃蟹并不是稀奇玩意。宋神宗时有个出身皇族的重臣，功勋卓著但性喜贪污，神宗屡屡包容，后来为了点醒他，专门在宴会上给他安排了一个定制小品，一个演员上台自我介绍，"我姓旁，叫旁十五郎"，说着开始垂钓，不一会儿就钓上来一只螃蟹。旁十五郎一看，连忙惊叹："哎呀，你这家伙好长的手脚！我想要把你烹了，但念在我旁某和你是同姓，这次就放过你吧！"宋人的记载里避讳这位重臣的名字，清代学者

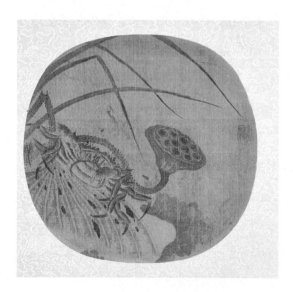

南宋·黄居寀（传）《晚荷郭索图》

郭索为螃蟹别名。图中河蟹居于残荷之上，笔法粗狂写实。此图旧题为黄居寀所作

编修《四库全书》时，推测可能是赵概。赵概是有名的仁厚君子，他当年和欧阳修共事，欧阳修不太看得起他，后来欧阳修高升，更是以没有文采为由将他贬官。后来欧阳修的外甥女跟人淫乱，政敌借题发挥，皇帝震怒，整个朝堂没有人替他辩解，只有赵概上书替欧阳修辩白。欧阳修被贬到滁州，就是在这时候写了有名的《醉翁亭记》。后来赵概做了高官，又上书申请将欧阳修官复原职。大概因为当时大家都很尊敬他，所以记录此事便隐去了他的名字。

江苏一带一直是螃蟹的重要产地，《蟹谱》中说苏州、连云港的螃蟹最为肥美。宋太祖曾经派人出使南唐，南唐大臣宋齐丘请使者喝酒，几杯酒下肚，便要行酒令，两人约定在席上找南北方各自的两种特色食物，再说一句南北俗语，而且要互相说对方地域的特产风俗，使者来自北方，便说南方食物和俚语："先吃鳢鱼，后吃旁蟹，一似拈蛇弄蝎。"宋齐丘则说："先吃奶酪，后吃乔团，一似噇脓灌血。"当时北宋政权刚刚建立，财力不足，对富足的南唐多有要求，酒令里便暗含着玄机。宋代震泽（今天的太湖）的螃蟹很是生猛，相传有个姓陆的渔民下网捞到一只螃蟹，不承想螃蟹举起大钳子几下把渔网剪出个洞，气得他非要把这只螃蟹煮了不可，后来被年长的渔民劝慰，跟他说这可能是通灵的螃蟹，这才罢休。陆渔夫把这螃蟹放生到湖面，螃蟹在水面横行几百米后才沉入水下。

有趣的是杭州一带在南宋时期到处吃螃蟹，但在五代和北宋初年，这里流行的是吃蛤蟆，并且极为看不起吃螃蟹的人。当时杭州有个农民叫田彦升，他的母亲特别喜欢吃螃蟹，田彦升怕被邻居笑话，制作了一个大号布袋，每次都去江苏一带买螃蟹，煮熟后用布袋背回来给老母亲吃。后来杨行密手下大将攻打杭州，乡人都前往山谷逃难，往往饿死山中，田彦升带着一袋熟螃蟹背着老母亲逃难，得以躲过这次劫难。当时人们流传这个故事，是感慨田彦升因孝顺而有好报，我们也可以从中了解到当时和螃蟹有关的饮食风尚。

最早的火锅长什么样子

我们今天理解的火锅，最基本的特征是把食材放入汤中涮熟后食用，如果以此为标准，毫无疑问，最早的火锅出现在宋代。

一 宋代之前没有涮火锅

我曾在《风月同天：古代文化变迁中的细节》一书中简要讨论过火锅的历史。有人说商周时期的青铜鼎就是火锅的原型，尤其是"温鼎"，"温鼎"本身是一种温器，用来加热保温。比普通的鼎多了一个可以加炭火的部位。在南昌海昏侯墓的主墓室出土过一个奇特的青铜三足器皿，长得像今天常见的铜火锅，实际上也是保温器。也有人说《韩诗外传》中有"击钟列鼎"的记载，众人围在鼎四周，将牛羊肉等放入鼎中煮熟分食，是火锅的原型，但《韩诗外传》里压根就没有这个词，这不过是一个误会。

西汉墓中，还出土过一种铜器，它的构造可分为三个部分：主体为炭炉，下面是承接炭灰的盘，上面放置一具活动的杯。20世纪50年代发掘出的时候被定名为"烹炉"，后来又叫"温炉"，80年代以后又发掘出一批，都叫"温酒炉"或"温酒器"，现在基本上都叫"染炉"和"染杯"。大部分学者认为这类器具是温酒器，近年有学者认为它是专门温食豉酱的器具。也有个别学者认为这是一种火锅。这类器具大都很小，染杯小而浅，容量超不出300毫升，整套炉具高不过15厘米，用来热肉酱是可以的，用来涮火锅就很难说得通了。《吕氏春秋·当务》里记载了一则寓言，齐国有两个武士，分别住在城东和城西，有天一起到店中饮酒，但没有下酒的肉，就商议互相从身上割肉来吃，"于是具染而已，因抽刀而相啖"。一直吃到死在店里。有学者就觉得，这两人肯定是在拿着染炉，割自己的肉涮火锅吃。这简直是不可思议的脑回路。"染"字就是调料的意思。这句话非常明白，就是两个人只要了点调料就割肉吃了，是形容两人的莽撞。总之，把染杯或染炉定为火锅，也是没有根据的。

在魏晋南北朝时期，还出现一些奇特的炊具，其中有两种看着跟今天的火锅的那个锅长得很像。一个是铜爨，但其并非中原人使用，而是魏晋后的古籍蔑称为獠的部分少数民族先民的特色厨具。另一个是五熟釜。魏文帝曹丕还是太子的时候，送了一个独特的锅给相国钟繇，还写信向他夸赞这口锅同时能做五种菜，远超古人。所谓的五熟釜，其实就是分有几格的锅，确实是和现在的鸳鸯锅有点像。很多人发文认为这两种东西就是火锅的雏形。这两种锅虽然跟今天的火锅长得像，但火锅之所以叫火锅，核心并不是锅，而是要涮着吃，文献里虽然夸赞这两种锅使用方便，但一个字也没有提这两种锅的用法和其他锅有什么不同。

二 "晚来天欲雪，能饮一杯无"，配的是不是火锅

唐代大诗人白居易的《问刘十九》是脍炙人口的名篇："绿蚁新醅酒，红泥小火炉。晚来天欲雪，能饮一杯无？"有人郑重提出，这个红泥小火炉，指的就是火锅或者暖锅。这一说法，甚至被编写进了《中国烹饪辞典》等专业书籍。当下的商家自然不会放过这个传说，据说有名为白乐天火锅的火锅店，刻

苦钻研，还真的"复原"出了这个唐代的"红泥小火炉"，生意很是不错。

但古人阅读这首诗，从来都是理解这小火炉是用来温酒的。古代的酒大多数是米酒，没有经过很好的蒸馏，里面杂质比较多，加热之后酒中甲醇等杂质就能挥发，才不会伤身。"绿蚁新醅酒，红泥小火炉"，两句连读，温酒之意非常明显，也和下一句"能饮一杯无"畅通无碍。盯着"红泥小火炉"五个字能想出火锅来，简直是不可思议的事情。

我们换个思路看，目前存世的唐代文献数量非常大，不要说各种史书、经注、笔记、小说、文集，单单唐诗也有近五万首，压根就没有整个唐代只有白居易这一人一句诗提到火锅，其他所有人都完全不提到此事的道理。

三　"拨霞供"才是真正的火锅

要说真和今天的火锅有点像的，是南宋林洪在其《山家清供》一书中提到的"拨霞供"。林洪，字龙发，号可山，南宋晚期泉州晋江人，《山家清供》是他写的一本菜谱，主要记载山野所产的食材的烹饪方法，行文往往兼及诗词、典故以及作者本人对生活的体悟，是记录宋代士人生活情趣的奇书。

其中"拨霞供"条是这样记载的：作者大雪天去武夷山拜访一位止止师，在雪中得到一只兔子，但没有厨师料理。止止师就告诉他，把兔子肉切成薄片，用酒、酱、椒料稍微腌制一下。桌上放一个风炉，再准备半锅汤（这里的汤就是白开水），等汤一开，每个人分一双筷子，各自夹着兔肉在汤里摆涮，直到肉熟了，捞出来蘸点调料汁吃。显然，这其实就是涮肉，食用的方法，和今天的涮羊肉也没有什么区别。

当时这样吃的还不止一家，过了五六年，林洪后来去京城（杭州）朋友杨泳斋家吃饭，又看到了这种吃法，激动不已，还专门写了一首诗来纪念，其中有"浪涌晴江雪，风翻晚照霞"，诗句并不是真在咏叹江雪晚霞，实际上说的是锅中的薄肉片，鲜红如夕阳下的晚霞，用筷子夹起肉片在滚开的白汤中涮动，恰似将一抹红霞拨入晴天洁白的江雪中。林洪将这种创新的吃法命名为"拨霞供"，正是从这句诗而来。林洪还表示，猪肉、羊肉都可以这样涮了吃。

止止师和杨泳斋两人，堪称是中国火锅的先行者，尤其是止止师，是中国火锅第一人。止止师，或许就是南宋末年的诗僧止禅师，他有一首《卜算子》词传世，很有一种豪迈之气："书是玉关来，泪向松江堕。梅自飘香柳自青，嘹唳征鸿过。　沙漠暗尘飞，嵩岳愁云锁。淮上千营夜枕戈，此恨凭谁破。"南宋末年，江山改易，很多豪杰遁入空门，这位止禅师可能就是其中一位。如此想来，他吃兔肉也就不难理解了。

杨泳斋就是杨伯岩，字彦瞻，是南宋名将杨存中的本家孙辈。他的外祖父是著名的金石学家薛尚功，外甥则是南宋著名的文学家周密。杨伯岩著有《六帖补》二十卷、《九经补韵》一卷等著作。

宋代虽然有了跟今天火锅类似的吃法，但昙花一现，流传不广，在明代几百年，就几乎没有相关记载，可见并没有流传下来。真正推广了火锅的，是清代皇室。"火锅"这两个字，大概就是从清宫里传出来的。在康熙皇帝"千叟宴"的一份菜单中，有一道"野味火锅"，配有十二种菜：鹿肉片、飞龙脯、狍子脊、山鸡片、野猪肉、野鸭脯、鱿鱼卷、鲜鱼肉、刺龙牙、大叶芹、刺五加、鲜豆苗。乾隆皇帝更是曾举办过有近一千六百五十只火锅的火锅宴。在清宫御膳档案里，野味火锅、生肉火锅、羊肉火锅、菊花火锅、鱼肉火锅都经常出现。

至于今天风行的四川火锅和重庆火锅，都是晚到民国以后才开始流行，真正风靡全国，更是到20世纪80年代以后了。

宋代人如何叫外卖

宋代也是中国外卖发端的年代，这和宋代经济发达息息相关，酒楼饭店林林总总，能够为城市居民提供多元服务，在《清明上河图》中，就有疑似正在送外卖的小哥。除了送菜上门，宋代还流行上门做菜的服务，算得上是一种"高端外卖"。

一 皇帝也爱叫外卖

北宋末年首都汴梁，有位宋五嫂开着一家鱼羹店，靖康之变后，她和其他很多汴梁人一样，南下逃难，最终在临安落脚，继续以售卖鱼羹为生，她把店开在西湖边上，宋高宗赵构坐船游览西湖，就曾点过她家外卖，宋五嫂亲自送到船上，赵构知道她是汴京旧人，相对难免感伤。宋嫂鱼羹经过高宗"御赏"，一下变成了当时的"网红美食"，人人趋之若鹜，宋五嫂因此成为富豪，"钱塘门外宋五嫂鱼羹"也成为当时杭州的餐饮名店。元人张雨的《西湖竹枝词》说"光尧内禅罢言兵，几番御舟湖上行。东家邻舍宋大嫂，就船犹得进鱼羹"，说的正是这个典故。对于在汴梁出生、长大的赵构来说，来自汴梁的鱼羹是他年少时的味道，南宋偏安南方一隅，他无力也无心收回故都，但内心深处，依旧有着对北方故土的怀念，此时只有这来自家乡的味道能给他最真挚的些许抚慰。

宋元时期有个话本小说《汪信之一死救全家》（后又被冯梦龙略加改编收入《喻世明言》），开头一段描写的正是高宗和宋五嫂这段故事，虽是小说家言，但也可以略见当时情形：

白发苏堤老妪，不知生长何年。相随宝驾共南迁，往事能言旧汴。　前度君王游幸，一时询旧凄然。鱼羹妙制味犹鲜，双手擎来奉献。

说话大宋乾道淳熙年间，孝宗皇帝登极，奉高宗为太上皇。那时金邦和好，四郊安静，偃武修文，与民同乐。孝宗皇帝时常奉着太上乘龙舟，来西湖玩赏。湖上做买卖的，一无所禁，所以小民多有乘着圣驾出游，赶趁生意。只卖酒的，也不止百十家。且说有个酒家婆姓宋，排行第五，唤做宋五嫂，原是东京人氏，造得好鲜鱼羹，京中最是有名的。建炎中，随驾南渡，如今也侨寓苏堤赶趁。一日，太上游湖，泊船苏堤之下，闻得有东京人语音。遣内官召来，乃一年老婆婆。有老太监认得他是汴京樊楼下住的宋五嫂，善煮鱼羹，奏知太上。太上题起旧事，凄然伤感，命制鱼羹来献。太上尝之，果然鲜美，即赐金钱一百文。此事一时传遍了临安府，王孙公子，富家巨室，人人来买宋五嫂鱼羹吃，那老妪因此遂成巨富。有诗为证：一碗鱼羹值几钱？旧京遗制动天颜。时人倍价来争市，半买君恩半买鲜。

像宋五嫂一样从汴梁来到临安的，在史料上留下名字的还有羊肉李七儿、奶房王家、血肚羹宋小巴、李婆婆杂菜羹、贺四酪面、脏三猪胰胡饼、戈家甜食等店，事实上，南宋临安的大部分餐饮名店，都是汴梁旧人所开设，如《都城纪胜》所称"都城食店，多是旧京师人开张"。淳熙五年（1178年）二月，宋孝宗赵昚去德寿宫探望已经退位做太上皇十多年的赵构，赵构点名叫了李婆婆杂菜羹、贺四酪面、脏三猪胰胡饼、戈家甜食等家的外卖，品尝后非常满意，说："此皆京师旧人，各厚赐之。"

当时皇帝要钱要物，称之为"宣索"或"宣唤"，因此皇帝叫外卖就有特别的名字"宣索市食"或"宣唤买市"。《梦粱录》中记载说："杭城风俗，凡百货卖饮食之人，多是装饰车盖担儿，盘盒器皿新洁精巧，以炫耀人耳目，盖效学汴京气象。及因高宗南渡后，常宣唤买市，所以不敢苟简，食味亦不敢草率也。"宋高宗经常从市井叫外卖，使得各家餐厅更加重视餐饮品质，不敢苟且草率，无形中提升了临安餐饮的整体质量，为中国餐饮事业做出了一丝贡献。除了前面提到的美食，当时临安孝仁坊口的水晶红白烧酒，味道香软，入口便消，曾被宣唤过，再如瑜石车子卖糖糜乳糕浇等食物，也都曾被宣唤。

宋孝宗自己也"宣唤"市井美食，他有次元宵节期间祭祀回宫路上，让人"宣押市食，歌叫支赐钱物"，见于记载的有李婆婆羹、南瓦子张家团子，这两家也都是汴梁流寓而来的老字号店铺。帝王尚且如此，可以想见当时权贵大臣、富裕人家叫外卖的情形就更加普遍了。

被帝王点名"宣唤"过的店铺自然深以为荣，要将此事广而告之，往往会在店铺门口醒目处挂上写着"曾经宣唤"的旗招。有个段子说当时有人开店卖治脚后跟老茧的狗皮膏药，自己挂了个招牌"供御"，意思是皇宫指定，后来皇帝听闻了他借皇家名义招摇撞骗的事情，就派人传唤他严加责罚。等他回来，不仅不以为耻，反而马上就给自己加上了"曾经宣唤"的招牌。

二　《清明上河图》中的外卖小哥

宋代的餐厅非常开放，不仅可以将菜"外卖"到客人住处，还允许客人在

北宋·张择端《清明上河图》（局部）
图中圈出人物疑似外卖小哥

自家酒店把其他小吃摊贩的食物"外卖"进来，绝无"他食莫入"或"谢绝酒水自带"的规矩。北宋汴京除了走高端路线的州桥炭张家和奶酪张家，其他都允许贩卖各色食物的小贩来店中兜售食物，这些流动的小贩和酒店形成一种独特的共生关系。

如果你在酒店坐下，发现没有自己想吃的下酒菜，可以派人去外面买软羊、龟背、大小骨、诸色包子、玉板鲊、生削巴子、瓜姜之类。"外卖"这个词在北宋就在使用，意思与今义相同。《东京梦华录》中记载，当时的酒店，会有一些商贩手里托着盒子、盘子，来店里托酒店代卖炙鸡、燠鸭、羊脚子、点羊头、脆筋巴子、姜虾、酒蟹、獐巴、鹿脯、从食蒸作、海鲜、时果、旋切莴苣、生菜、西京笋等不同种类的美食。还有小厮身穿白布罩衫，带着青花布手巾，抱着小白瓷缸子卖辣菜，还有托着盘子卖各种水果干的，种类非常多。还有卖软羊诸色包子、猪羊荷包、烧肉干脯、玉板鲊、把鲊、片酱之类的。

在《清明上河图》的形形色色人物中，就有一个小伙在酒店前端着食盒往外送餐，很多人认为这就是大宋时期的外卖小哥。

三　送饭上门的"豪华外卖"

北宋汴梁"共享经济"繁荣，凡是要雇用人力、杂役工人、宴席厨师等人员，各行业都有叫行老的角色，可以介绍推荐人选。雇用女用人，也有专门牵线搭桥的中介。找人帮忙非常简单，只需到街巷口去一趟即可。无论是有人家房屋年久失修，需要整修房屋或者修补墙壁，还是有人家到了先祖生辰忌日，需要请僧尼道士祈福，都可以一早来到桥市和附近的街巷口。在这里，不管是

清·冯宁《仿宋院本金陵图》（局部）
图中可以看到穿梭在街市中的外卖小哥

被称为"杂货工匠"的木匠人和竹匠人，还是随时可以做各种杂活的零工，乃至于和尚道士，都三五成群，环立集聚，等候雇用，堪称一道独特的风景，人们把这个叫作"罗斋"。修缮房屋需要的各种竹木材料，都有专门的店铺。要找专业的砖瓦泥水匠，也是呼之即来，非常便利。

专门替人上门操办宴席的民间机构叫"四司六局"。《都城纪胜》中记载四司六局为帐设司（专掌桌帏、搭席、屏风等事），厨司（专掌烹饪等事），茶酒司（专掌茶酒、迎送等事），台盘司（专掌出食、接盏等事），果子局（专掌时果等事），蜜煎局（专掌糖蜜花果），菜蔬局（专掌购置菜蔬等事），油烛局（专掌灯火照耀、烧炭取暖等事），香药局（专掌香料及醒酒汤药之类），排办局（专掌挂画、插花、扫洒、拭抹之事）。分别负责宴会的各个环节。

北宋《东京梦华录》中记载，百姓们遇到红白喜事要办筵会，所需的各种桌椅陈设、厨具杯盘、酒担和各种零碎用品，都可以找"茶酒司"代为操办。至于筵会上的各种吃食和下酒菜肴，完全可以由"厨司"来安排。至于如何往宾客家送请柬、安排宾客座次、招呼宾客吃饭、劝客人吃好喝好乃至唱曲说书来劝酒等等事宜，都有专门的"白席人"来操办。这所有负责代办宴席的服务人员，统称为"四司人"，要是你希望在有名的园林、馆舍、亭台、寺庙等地游览并在其中宴客，"四司人"随时待命，都可以帮你马上办到。"四司人"内部有自己的行规，不同的团队有自己负责的地段，在各自的"辖区"上努力做好服务，价格方面则有统一的定价，不会私下乱收费。他们很讲规矩，哪怕一次筵会有百十来桌，他们也一定会把现场安排得整整齐齐、干干净净。只要把筵会托付给他们，主人便尽管放心，只需做好一件事就行，那就是付钱。

四司六局的名字听上去像是政府部门，但在宋代，不仅政府和豪门贵族家中常设四司六局，民间也出现了这样的服务机构，四司六局变成了一种专门负责宴席的行业通称。四司六局这种机构，从隋唐时期的公务员编制，到宋代慢慢变成自负盈亏的事业单位，乃至变成了国营、民营企业。宋代尤其是南宋，"政府采购"非常普遍，宴会、演出等项目，往往都从民间请人，民间高手有机会在御前大展身手。哪怕是官方的四司六局，在承接到大型项目时，也需要通过各类行业协会去民间寻找能手协助。四司六局这样的机构在今天一些农村地区还能看到，就是所谓的"宴席帮办"，婚丧嫁娶，不需主家费心劳神，由专门一套"班子"上门帮助操办宴席，或按桌收费，或全程打包，极为方便。

百姓人家喝什么

皇宫大宴和贵族夜宴，是富贵人家的日常，奢靡和仪式感是最大的特征，往往有特色佳肴和美酒。宋代皇宫设有翰林司，负责宫廷茶酒汤果，也被人称为茶酒局。贵族家中还有常设的四司六局，负责布置宴会。普通百姓的日常饮食显然要质朴很多。这一节我们聊一聊宋代普通人的饮料。

一 茶

在宋代，茶叶成为所有人家的生活必需品，"盖人家每日不可缺者，柴米油盐酱醋茶"。家里来客人，都要奉茶，稍富裕的人家，家中常备多种茶叶，根据来客的情况"看人吃茶"，有的人家还准备多种茶具，根据客人的情况选择不同品级的茶具待客。《东京梦华录》中说，北宋汴梁人邻里之间非常热情，要是有外地人搬家来京城定居，左邻右舍都会热心地把自家的生活用品借给他，端着热茶主动来串门探望，还会详尽告知他们各种生活信息，比如附近各类商铺买卖的位置信息等。更有茶坊中的"提茶瓶"，他们除了在茶坊做端茶送水的服务人员，还是半职业打听传递消息的人，每天走动在各家各户之间，送茶送水的同时，也打听和传送各户人家的最新消息。只要有人家办红白喜事，都会宾客盈门，来帮忙操办或送来祝贺、慰问。

前文中已经提到，宋代文人饮茶，大都是将茶叶蒸制，饮用前磨成茶叶末，冲入热水搅拌后饮用，称之为点茶。点茶的常用茶具有十二件：焙茶的烘茶炉、捣茶用的茶臼、碾茶用的茶碾、磨茶用的茶磨、量水用的水杓、筛茶用的茶罗、清茶用的茶帚、盛茶末或茶杯用的盏托、喝茶用的茶盏、装热水注茶用的汤瓶、调沸茶汤用的茶筅、清洁茶具用的茶巾。

相比于点茶，擂茶显得富有烟火气，在宋代民间很受欢迎。炒熟的茶叶芽、芝麻捣碎，再加花椒末、盐、酥糖饼（也可用炒熟的面粉代替），如果愿意甚至还可以再加点生栗子片、松子仁、胡桃仁之类，继续捣碎成粉末后煎熟（见《事林广记》）。对于普通人家来说，制作擂茶显然不会用到茶臼、茶碾、茶磨、茶罗之类，用家中的擂钵、陶盆才更方便。苏轼有诗云"柘罗铜碾弃不用，脂麻白土须盆研"，说的正是他在不如意的流落生涯中，学着制作不被文人雅士喜爱的擂茶，也能自得其乐。这种喝茶方法最早在北方流行，唐代中后期开始，尤其是南宋南渡之后南方也开始多见。两宋之际的袁文在《瓮牖闲评》中说自己出生在汉东，特别喜欢喝擂茶。到了南方以后，偶尔有来往的北方人，会煮擂茶送给他，每次都让他开心不已。成书于南宋末年的《梦粱录》和《都城纪胜》，都记载临安的茶肆会在冬天售卖七宝擂茶，说明这种饮茶方式在南方也开始风行。擂茶本质上像是一种粥，或可以称之为茶粥，其实是茶叶进入人类世界后一种历史悠久的服用方式，只是随着饮茶越来越专业化，茶粥的受众更多变成了底层民众。2009年，福建将乐县发现烧客家擂茶器具的宋代窑场，出土有不少擂钵、素面钵等。擂茶至今在客家文化中得到保留。

北宋时人民居丧期间不能饮茶，南宋时期虽然可以饮茶，但不用颜色艳丽的茶托，这叫"有丧不举茶托"，宋高宗去世后，继位的孝宗赐茶就只用杯子不用茶托。

宋人居家饮茶的图像，在近几十年发现的宋代墓葬中多有直观的表现，

北宋·佚名《进茶图》

河南洛宁北宋乐重进石棺真实反映了宋人居家饮茶的情形

如洛阳邙山崇宁二年宋墓北壁所绘《进茶图》、河南洛宁县大宋村北坡政和七年乐重进石棺左侧《进茶图》、河南宜阳县莲庄乡坡窑村宋墓画像石棺《饮茶图》等。

在宋代普通人的婚礼上，茶叶也扮演着重要角色，这是前代所未有的。宋代汴梁婚礼的大致流程，是双方家庭基本认可后，男方出具写有家族信息的帖子，和许口酒等各色礼物（合称缴担红）一起送到女家，女方回礼后双方约定小定、大定时间。其间男方会安排一位亲戚去女家相看，相中就将一根钗子插到女方帽子上，叫"插钗子"。下定需要送定礼，中间遇到节日，男方都要主动送礼。之后男方正式下财礼，确定成婚日期，最后就是最重头戏的迎娶。整个过程中有不少双方互相送礼的环节，很多礼物都是象征性的，其中茶叶经常出现。夫妻婚姻讲究永结同心、白头偕老，而茶就寓意着"从始而终"。明代人说："凡种茶树必下子，移植则不复生，故俗聘妇必以茶为礼，义固有所取也。"南宋汴梁富裕人家中男方下定时的礼物，包括"珠翠、首饰、金器、销金裙褶及缎匹、茶饼"等。后来把下定就称为"下茶"。当时富裕人家财礼非常丰厚，但一般人家的财礼不过几匹布、几张纸币和鹅酒、茶饼。

"插钗子"这个环节，逐渐也被改为"吃茶"。后世《红楼梦》中王熙凤跟黛玉开玩笑："你既吃了我们家的茶，怎么还不给我们家作媳妇？"就是在用婚礼中的这个环节来打趣。

二 酒

宋代实行酒类管制，称之为榷酤，官酿发达。"宋榷酤之法，诸州城内，皆置务酿酒……"各州州城都有专门管理酿酒的机构，政府不允许自行酿酒售卖，对违反者有极为严厉的惩处。但对民间不以销售为目的的少量酿酒，也并

北宋·苏汉臣（传）《卖浆图》

文献记载中"浆"所指不一，有时指酒水、茶水、果汁等饮品，有时也指稀饭等流食。本图中更像是茶水

不完全限制，民间往往有村酒、腊酒、土酒之类。陆游《游山西村》诗云："莫笑农家腊酒浑，丰年留客足鸡豚。"真是生动描述。

民间酿酒饮酒主要是为了庆祝节令，如新年要饮屠苏酒，重阳要饮茱萸酒，等等。屠苏酒是用大黄、白术、桂枝、防风、花椒、乌头、附子等药材炮制而成的药酒。王安石非常有名的《元日》诗里说"爆竹声中一岁除，春风送暖入屠苏"，大年初一喝屠苏酒有特别的顺序，南北朝时期就已经"正月饮酒先小者，以小者得岁，先酒贺之。老者失岁，故后与酒"。新年的到来，时间的更替，对孩子来说，是增长了一岁，充满着希望，但对老人来说，这代表人生岁月中又失去了一年，难免有时光流逝的感慨。宋代苏辙的《除日》诗里有一句："年年最后饮屠苏，不觉年来七十余。"他每年最后一个喝屠苏酒，就是因为他是全家年龄最大的那个。这句诗实际上也是在感慨他自己年华渐去。苏辙的哥哥苏轼就豪爽一些，他在《除夜野宿常州城外》诗中说："但把穷愁博长健，不辞最后饮屠苏。"意思就是只要身体健康，每年最后一个喝酒也没什么。

宋人继承了前代的传统，重阳节喝茱萸酒。古代有多种叫茱萸的植物，如山茱萸、食茱萸、吴茱萸，差别很大，其中用来做茱萸酒的是吴茱萸，可以用酿好的酒泡制吴茱萸，也可以将吴茱萸磨成末，加到糯米中直接酿酒。北方一些地区则是直接将茱萸酒洒在门户之前，用于辟邪。

蒸馏法在北宋尚未传入。南宋时，北方的金朝似乎已经在使用蒸馏法酿制高度白酒（唐宋时期也有白酒、烧酒等称呼，和今天说的白酒不是一回事），但这种技术在南宋统治的地区并没有得到传播。蒸馏法的普及是在元代以后，明代的《本草纲目》中便认为蒸馏法是元代才有的。宋代酒类专营，大酒店（正店）需要向政府部门购买酒曲，之后再自行酿酒，小的酒店不能酿酒，只能向正店采购酿好的酒再行零卖。民间酿酒自用，酒曲也是自行制作，在宋末元代流行的日用百科全书《事林广记》中，就记载有常见的造曲法。如东阳酒曲，是用白面、桃仁、绿豆、杏仁、川乌、莲花、熟甜瓜、苍耳心、辣母藤嫩头、辣蓼嫩叶、二桑叶、淡竹叶等为原料加工而成。另有一种红曲，需要先制曲母，才能制成红曲。但第一次制作曲母，又需要有一点红曲作为引子，这时候作为引子的红曲就需要从其他人那里取得了。宋代红曲酒主要流行在江南、福建一带。

此外还有用木香、当归、缩砂仁、藿香、零苓香与白糯米等制成的白酒曲，用面、莲花、绿豆、细辛、木香等制成的莲花曲之类。酿酒需要经验，自行酿酒未必能够成功，苏轼被贬黄州，从来喝惯他人赠送好酒的他，决定要自己酿酒，他说："予虽饮酒不多，然而日欲把盏为乐，殆不可一日无此君。州酿既少，官酤又恶而贵，遂不免闭户自酝。曲既不佳，手诀亦疏谬，不甜而败，则苦硬不可向口。慨然而叹，知穷人之所为无一成者。"最终遭遇了失败，其中重要的原因是酒曲不佳和酿酒技术的不成熟。

当时民间还流行一种用白沙蜜加酒曲制成的蜜酒，道士多喜酿制，大致方法是白沙蜜（蜂蜜）三斤、水一斗同煎，倒入容器内，等温度略低。加入细曲末二两、白醇二两，密封后静置，一般春秋两季十天左右就能得到一斗好酒。夏天则只要七天，冬天十五天。苏轼在黄州时，一位叫杨世昌的道士前来探望，流连数月，苏东坡《赤壁赋》中"举酒属客""客有吹洞箫者"这些描述中的客，指的就是他。杨道长善于用蜂蜜酿制蜜酒，在黄州还将秘方相赠，指导东坡酿造，东坡为此写了《蜜酒歌》作为回赠。杨世昌的蜜酒方上面提到当时流行的方法不尽相同，东坡曾写过《蜜酒法》介绍："每米一斗，用蒸饼面二两半，饼子一两半，如常法取醅液，再入蒸饼面一两酿之。"

除了蜜酒，民间流行的酒还有饼子酒、羊羔酒、荼蘼酒、百花春色酒、洞庭春色酒、鸡子线酒等。羊羔酒今天还能见到，其特色在于酿制的过程中会用到大量的肥羊肉，南宋末年《事林广记》中记载的酿制方法是："米一石如常法浸浆，肥羊肉七斤、曲十四两，将羊肉切作四方块烂煮，杏仁一斤同煮，留汁七斗许，拌米饭曲，用木香一两同酝，毋犯水，十日熟，味极甘滑。"

三 其他饮料

在此前夏日冷饮的章节中，已经聊到了当时城市中流行的冷饮和饮料。这里介绍普通人家常见的饮料。

宋人习惯"客至则啜茶，去则啜汤。汤取药材甘香者屑之，或凉或温，未有不用甘草者。此俗遍天下"，在客人将走时，要奉上用甘草等有香味的药草熬煮的汤，所以说"点汤"，其实就是送客的意思。陈升之做宰相的时候，胡收被任命为兴元（今陕西汉中）知府，他不想赴任，前去拜访希望能换个职务。陈升之推辞说自己协助处理朝政，不应该私下推荐一个人。胡收就说自己本是浙江人，家中又贫穷，去陕西上任的路费都难以筹措，如果非要让去兴元，只能回家把两个女儿卖给别人当婢女，这才能有钱去上任。陈升之听了大为鄙夷，连忙让人送上汤，意思就是下逐客令。没有想到这个胡收也是狠角色，拿起汤就往地上倒了三下，这是祭祀常用的仪式，把陈升之吓了一跳。不久之后胡收就溺死在了汴水之中。这种送客时点汤的习俗，一直延续到元明，到清代才慢慢消失。

宋代最常用来煮水喝的是甘草。例如甘豆汤，就是用甘草、黑豆为主要材料，再加上生姜之类熬煮而成，夏天冰镇后也作为冷饮。这种饮料起源很早，

北宋·张择端《清明上河图》（局部）
可以清晰看到饮料店的"饮子"店招

在晋代葛洪的《肘后备急方》和唐代孙思邈的《千金要方》中都有记录，有解药毒的功效。唐代王焘《外台秘要》中认为冷饮甘豆汤，可以"诸毒悉解"。宋代不仅市井有售卖甘豆汤的摊铺，百姓人家日常也往往自行制作饮用，是非常流行的饮料。再如当时流行的缩脾饮，主料是缩砂仁，但配料中也有甘草。当时常见的干木瓜汤，原料主要是干木瓜、粉甘草、茴香、白檀、沉香、缩砂仁、干生姜、白豆蔻仁等磨成粉，加盐，用开水点服。可以通心气、益精髓的水芝汤，原料就是干莲实和粉甘草。

当时还有一些特色的饮料，如葱茶，是用葱段和金银花煮成的饮料，李之仪《访瑶上人值吃葱茶》诗中说"葱茶未必能留坐，为爱高人手自提"。南宋临安的茶肆中冬天也售卖葱茶。

宋代人也喜欢喝"橙汁"，但宋代人所饮的香橙汤和我们今天鲜榨橙汁的制作方法很不同。香橙汤是把橙子去核，切碎，保留汁水，加上白梅肉、甘草和盐，泡一夜之后，用慢火烘干，加上檀香一起捣成末，饮用时用水冲泡。另外有一种洞庭汤，是用橙子或橘子制成。所谓的"洞庭"，就是把橘子或橙子切成片晒成的干。宋代人把洞庭加上生姜或甘草，碾成末，用水点服。

除了各种饮用的汤，宋代日常的饮料还有渴水和熟水。渴水大都由果汁加上各种药材熬成浆膏，饮用的时候点服或者加水煮开，常见的有荔枝浆（实际上是和荔枝无关，用乌梅制成）、杨梅渴水、香糖渴水（用松糖制成）、五味渴水（用五味子制成）等。熟水是用各种材料煎泡而成，类似今天的花茶。李清照《摊破浣溪沙》词云"豆蔻连梢煎熟水，莫分茶"，豆蔻熟水就是当时流行的熟水之一，此外还有香花熟水、沉香熟水、紫苏熟水之类。《曲洧旧闻》中说："新安郡界（今徽州一带）中，自有一种竹叶，稍大于常竹，枝茎细，高者尺许，土人以作熟水，极香美可喜。" 这种竹叶熟水，在当时算是一种地方特色饮料。

百姓人家的主食有哪些

王者以民为天，而民以食为天。宋代是中国历史上饮食走向丰盛的时期，农作物的种植更加精细，饮食材料更加多元，饮食生活相较前代有很大发展。比较典型的表现是整个社会的饮食方式，从此前的一日两餐，开始向一日三餐转变。另外宋代人比较重视饮食平衡，饮食中的娱乐因素也在增加。在宋代，北方主要种植麦、黍，南方主要种植稻米，面食、糕点和粥是当时最常见的主食。

一 粥饭

粥是宋代南北方普遍食用的食物，但北方相对较少，记录开封市井生活的《东京梦华录》中具体的粥名只有腊八粥，但在记录南宋市井生活的《武林旧事》中就有七宝素粥、五味粥、粟米粥、糖豆粥、糖粥、糕粥、馓子粥、绿豆粥等名目。

宋代的吃粥习俗中，最有特色的是腊八粥和人口粥。

腊八粥与佛教有关，但有趣的是，中国佛教早期的"腊八"习俗并非后世习以为常吃的腊八粥，而是灌佛、沐浴。早在南朝腊八成为节日起，其习俗就与沐浴相关。在不少敦煌卷子中，也可以看到腊八僧人沐浴的习俗。佛教传说佛陀出生后有龙王、天王沐浴，在北宋宋仁宗以前，北方佛教往往以腊月初八作为佛诞日，因此在这天有浴佛的纪念活动。也有一些地区以腊月初八作为佛

南宋·佚名《耕获图》
描绘宋代江南农家种植水稻画面

成道日，取佛陀在泥连河洗浴后在菩提树下觉悟成道的故事，进行沐浴和浴佛活动。腊八粥作为腊八习俗，最早出现于宋朝。直到元朝，腊八粥日渐成为中国传统习俗的一部分。

人口粥在南宋流行，也叫口数粥，是一种赤豆粥。之所以取名人口粥，意思就是按照家中人口所煮的粥，在算人数时，哪怕刚刚出生的小孩子，都要为他熬一碗粥，甚至家中的猫猫狗狗，也都算人口。当时人们都会在腊月二十四、二十五日左右喝这种粥，但当时就已经搞不清楚喝粥的缘由。《梦粱录》里说二十五日吃，不知道是什么典故，也许是为了祭祀食神。《武林旧事》则说是二十四日吃。宋代将这天称为交年节，是祭祀灶神的日子。灶神承担着上天言好事的职责，所以人们往往用蜜糖涂抹在灶神画像的嘴上，希望他上天之后能够多说好话。但南宋诗人范成大则描述二十五日吃人口粥，远行没有回家的人口都要为它准备一份，在晚上全家一起食用，主要是为了避瘟疫。不管怎么样，对于普通百姓来说，腊月二十五日喝人口粥都是为了平安健康，张侃《田家岁晚》诗云"粥分口数顾长健，不卖痴呆侬自当"，很多民俗的起源都有种种传说，但最终都归于人们对美好生活的向往。

南方也喜欢食用米饭，主要是粳米。以陆游诗为例，有"君不见朱门玉食烹万羊，不如农家小甑吴粳香""炊玉吴粳美，浮蛆社酒醲""未论莼羹与羊酪，新粳要胜太仓红""岂惟磨镰待收麦，小甑已觉吴粳香"等句子。宋真宗时为了保证天旱时的稻米产量，推广占城稻，发放稻种三万斛，这是一种籼米。占城在今越南，这种籼米最早在福建引进，因为易生长，逐渐推广到全国。长江中下游地区原来只有一季晚粳，而引进占城稻后增加了一季早籼。苏轼诗"吴国晚蚕初断叶，占城蚤稻欲移秧"，是对北宋时江南占城稻种植的描述。除了粳米和籼米，稻谷中还有糯米，但糯米并不适合做饭，主要用于酿酒酿醋和制作糕点。

宋代糕点种类极多。《梦粱录》中记载的各色糕点有镜面糕、枣糕等一百多种。其他城市也往往有自己的特色糕点，如苏州就有雪糕、花糕、生糖糕、糖松糕、焦热糕、甑儿糕等等。当时的雪糕和今天的雪糕冰激凌是完全不同的食物，做法是将米、糯米以及炒山药、去心莲肉、芡实等碾成细末，加入白糖，搅拌均匀，笼蒸熟。其他糕点的做法也大都类似。

二 面食

再来说面。《东京梦华录》中记载汴梁市场有售卖麦面粉的商贩，每秤装一个布袋，叫作一宛；或者以三五秤作为一宛，用太平车或驴马驮运。他们通常在五更前就在城门外守候，城门一开就进城兜售，到天亮还不停歇。市井饭店售卖的面，有罨生软羊面、桐皮面、姜泼刀回刀、冷淘、棋子、寄炉面饭等，川食铺在售卖插肉面、大燠面，南食店售卖桐皮熟脍面。《梦粱录》中提到临安饭店售卖的面食，有猪羊盦生面、蝌丝鸡面、三鲜面、鱼桐皮面、盐煎面、笋泼肉面、炒鸡面、大燠面、子料浇虾蝌面等。这其中提到的罨生面，在南宋时期的南方也很流行。《梦粱录》中记载有"猪羊盦生面"，《都城纪胜》记载有"盦生面"，应该都是同一种食物的不同写法。有学者推测罨是一种掩盖发酵食品的处理工艺，与"腌"相同或相近。宋姜特立《罨菜》诗云："梅山罨菜胜羹藜，怪见宾筵玉箸齐。"也有人认为罨生面就是焖面，具体做法是把生猪羊肉放在底部，把刚刚煮熟的面焖盖其上。

宋代一种流行的汤面称为"蝴蝶"，其实就是今天的面片（有的地方也叫揪面、揪片、尕面片、片儿汤），因为形状略似蝴蝶而得名，蝴蝶面的名称在明清两代依旧流行，这种食物至今在西北是最常见的主食之一。宋代一些城市中有一些卖蝴蝶的店，其实就是售卖这种面食的饭馆，这种食物当时也叫水引。

另一种在宋代史料中经常提到的面食叫作饦饦。这是一种流行在底层民众间的食物。有人认为它就是今天在北方流行的疙瘩汤，也有人推测是一种形似筷子的面条，后一种说法可能更准确。在《梦粱录》中说"有店舍专卖饦饦店，如大燠饦饦、大燥子、料浇虾、蝌丝鸡、三鲜等饦饦，并卖馄饨，亦有专卖菜面、熟齑、笋肉淘面。此不堪尊重，非君子待客之处也"，稍有身份的人都不来这类饭店吃饭，是给底层群众提供服务的饭馆。值得注意的是这里提到饦饦有多种类型，和大肉、虾、鸡丝等同煮，和今天的疙瘩汤差别很大。元代的《居家必用事类全集》中的山药饦饦，是一种将面粉擀开后切成尺许长条，下水煮熟再配上各色荤素调料汁的面食。

三　包子与饼

我们今天称之为包子的食物，在宋代有种种称呼。

最普通的包子，宋代有时称之为馒头。《水浒传》里有个有名的桥段，是说武松杀了西门庆和潘金莲，被刺配两千里外，路过十字坡酒店，孙二娘端上来一笼馒头。原文中写道："武松取一个拍开看了，叫道：'酒家，这馒头是人肉的，是狗肉的？'那妇人嘻嘻笑道：'客官休要取笑！清平世界，荡荡乾坤，那里有人肉的馒头，狗肉的滋味？自来我家馒头，积祖是黄牛的。'"熟悉水浒故事的都知道，事实上这母夜叉孙二娘和丈夫菜园子张青，售卖的正是童叟无欺的人肉馒头，张青说："盖些草屋，卖酒为生。实是只等客商过往，有那入眼的，便把些蒙汗药与他吃了，便死。将大块好肉，切做黄牛肉卖。零碎小肉，做馅子包馒头。"这种有馅料的馒头，正是普通话里称呼为包子的食品。《水浒传》定型于元末明初，但其原型则是宋元话本，其中社会生活的不少背景，正可以用来说明宋人生活。在宋代，馒头是从贫民到皇宫都食用的全民食物，市井中售卖各种馒头。北宋宋徽宗的寿宴上有独下馒头，南宋张俊请宋高宗一行吃饭的菜单里，给随行的太监准备了五十个馒头。宋代开始，有人提出馒头源于三国时期的诸葛亮，宋人高承《事物纪原》卷九记载：诸葛亮征讨孟获时，有人建议祭祀神明，但这里的神明需要供奉人头，诸葛亮用面皮包上羊肉和猪肉做成人头的样子来祭祀，居然也取得了效果。这当然是有趣但并不可信的传说，在《三国演义》中也有叙述，一直流传至今。这也说明在宋代人心目中，馒头从来就是有馅儿的。据日本汉学家青木正儿在《中华名物考》

清·冯宁《仿宋院本金陵图》（局部）

图中可以看到售卖炊饼的小哥

清·冯宁《仿宋院木金陵图》（局部）

图中为面食店

中考证，馒头这个名称最早见于晋代束皙的《饼赋》，写作"曼头"，"曼"字是用来形容皮肤细腻而光滑，蒸熟的馒头也给人类似的感觉，这便是其命名的缘由。至今南方一些地区，仍然把普通话中的包子称为馒头。

《水浒传》这段对话中还有一点值得注意，孙二娘强调她用的是黄牛肉。在宋代，因为保护耕牛，禁止高价售卖牛肉，牛肉价格最为低廉，是普通民众吃肉的选择。[1]本节后文中还会详细提到。

今天的包子有各种种类的馅料，称呼时往往是馅料加上"包"字，如豆沙包、梅菜肉包之类，宋代也有水晶包儿、笋肉包儿、虾鱼包儿、江鱼包儿、蟹肉包儿、鹅鸭包儿之类的称呼，但馅料比较有特色的包子，则直接称之为某某馅，如《武林旧事》中提到的"细馅、糖馅、豆沙馅、蜜辣馅、生馅、饭馅、酸馅、笋肉馅、麸蕈馅、枣栗馅"，其中酸馅是馅料（一般是素馅料）经过发酵后味道发酸的一种包子，是宋代佛教寺院最常用的食物之一，市井中也很受欢迎。酸馅用火烤，就叫焦酸馅。宋代一些佛教僧人喜欢写诗，但追求格律严谨对仗工整，反而缺少超人自得的出尘禅意，当时人们就嘲讽他们的诗有股子"酸馅气"。僧人的日常食物往往是这种包子，馅料是蔬笋之类，苏轼曾写诗称赞惠通法师"语带烟霞从古少，气含蔬笋到公无"，其中的"气含蔬笋"，说的就是"酸馅气"。但酸馅也并非只有素食，宋代也有肉酸馅、七宝酸馅之类，《汉语大词典》将酸馅解释为蔬菜包子，并不准确。豆沙馅也叫沙馅、澄沙馅、邓沙馅，就是今天说的豆沙馅的包子，当时市场售卖的沙馅，有的做出独特的造型，例如有种"龟儿沙馅"，就是样子仿照乌龟的豆沙馅包子。蜜辣馅是又甜又辣的包子，宋代时辣椒还没有传入中国，这个馅儿里的辣，其实是

1.详见本书第90—91页。

姜。《梦粱录》里还提到有姜糖辣馅。

如果包子皮很厚而馅很少，则称之为面茧。金盈之《醉翁谈录》中说"造面茧，以肉或素馅，其实厚皮馒头酸馅也"，宋代一些地区在正月初七（人日）这天做面茧，用木片或纸签写上官职名藏在馅里，人们吃面茧时吃到不同的官职名，用这个作为彩头，作为一种占卜运气的手段。富贵人家则往往包一些名言警句在里面，用这些句子来占卜前程，正类似抽签解卦，但都是放一些带有吉祥色彩的句子，吃不到"下下签"。欧阳修有句诗"来时擘茧正探官"，说的就是这个习俗。

还有一种包子则叫作兜子，宋代的面食店里卖江鱼兜子、石首鲤鱼兜子、四色兜子、鱼兜子、决明兜子等。兜子的面皮都是用粉皮制成，这是其与普通馒头包子的区别。

宋代人也使用"包子"一词，宋人语境中的包子，有时与当时的馒头是同义词。《鹤林玉露》中说北宋末年有人买到一妾，本是蔡京府上包子厨中之人。有天请她做包子，她说不会。大家都很吃惊，她解释说自己在蔡京府上确实在包子厨，却只负责切葱丝。这个故事一直被用来说明蔡京厨房之奢靡。既然包子中需要葱丝，可见这个包子就是今天我们说的包子而非馒头。南宋陆游有一首诗，题目就叫《食野味包子戏作》。"包子"一词有时范围更大，例如《梦粱录》中说"更有包子酒店，专卖灌浆馒头、薄皮春茧包子、虾肉包子、鱼兜杂合粉、灌熬大骨之类"，这些都被称之为包子。

事实上，自古至今，包子、馒头就是一对纠缠的词汇，明清两代都有人在讨论包子和馒头的区别，清代人确定包子有馅、馒头没馅，但也会提到不少地方不是这样称呼的，即使到了今天，还是有很多南方地区，将包子称为馒头。

再来说说宋代的饼，宋代称之为汤饼的是今天的面条或面片，称之为炊饼的是今天的馒头，《水浒传》里武大郎每天辛苦卖的炊饼，其实就是馒头，所以武松告诫他哥的话里提到炊饼是以笼为单位的："假如你每日卖十扇笼炊饼，你从明日为始，只做五扇笼出去卖。"据说炊饼本来叫蒸饼，因为避宋仁宗赵祯的名讳才改叫炊饼的。

当时民间日常食用的饼，有白熟饼子、擀饼、烧饼、肉油饼、酥蜜饼、卷煎饼等。白熟饼子的做法，是将面粉一分为三，一份加酵母，一份做成烫面，一份加糖蜜水，三份各自处理好后和到一处，揉好放到暖处发酵一个时辰（两个小时），等面开始暄软，继续揉面一两百下，最后将揉好的面做成鸡蛋大小的剂子，用擀面杖擀成饼，烤熟即可。擀饼是和面的时候加入蜜水，和好面之后擀成薄饼烤熟。烧饼则是在面中加入油和盐，用冷水和面，揉好后烤熟，非常酥美。酥蜜饼是用白面、真酥、猪油、蜂蜜和面，揉成剂子后放入模具，形成造型，再用中小火慢慢烤熟。肉油饼、卷煎饼则是有馅儿的饼，类似今天的馅饼，肉油饼的"肉"字是指羊肉馅，"油"字是指和面时加入熟油和羊油。卷煎饼也是羊肉馅，但面皮不是擀出来的，而是把面和水调成黏稠的液体，倒在平底锅，加油摊成薄煎饼，再加上羊肉馅制成。

羊肉、猪肉、牛肉什么价

宋代的肉食根据南北区域而有不同，北方肉类以羊肉为主，南方则以猪肉、野味、水产为主，但整体来看，羊肉有着较高的地位和价格，猪肉次之，宋代皇室甚至有不吃猪肉的祖训。牛肉则是贫民阶层的选择，非法宰杀耕牛食肉的情况非常多见。

一 大羊为美

与今天不同，宋代以羊肉为尊，"饮食不贵异味，御厨止用羊肉"。皇帝御宴不许使用猪肉，北宋御宴几乎全用羊肉，南宋以后也大都使用羊肉。宋真宗最爱吃羊羔肉，有次祭祀路上看到一只母羊孤苦徘徊，于是问左右为什么会这样。身边人回答他，这是因为御厨今天杀了它的羊羔。真宗大有感触，从此不再食用羊羔。在宋真宗时期，每年御厨要消耗掉几万只羊。宋仁宗也很好吃羊，有天跟近臣说昨晚想吃烧羊辗转反侧睡不着。近臣问怎么不降旨取索（让人送来）。仁宗说，一旦取索，就会成为定例，增加很多负担，说不定会成夜杀羊。尽管仁宗如此克制，但御厨一天能用掉二百八十只羊，一年要超过十万头。皇帝们不仅自己吃羊，也喜欢给宰相赐羊，一般是三十头、一百头。羊还是宋代官员工资的一部分，宋真宗时规定，如官员外任无法携带家眷，每月增加工资用于贴补家庭，并发羊，不同职务发两头到二十头不等。这种作为工资的羊称为"食料羊"。

士大夫阶层和市民阶层也无不以羊肉为美，羊肉的价格也远高于猪肉和牛肉。仁宗时做过宰相的杜衍"平生非宾客不食羊肉"，只在有宾客来的时候才吃羊肉，这并不是他不喜食羊，而是因为他生活简约，把最好的羊肉留来待客。陆游在杭州做官时，吃到过密院厨房供给的羊肉，特别写诗记录："东厨羊美聊堪饱。"诗下自注："东厨，密院厨也。烹羊最珍。"在民间，羊肉便是美食的代名词，南宋时流行三苏文章，尤其是三苏的家乡四川，治学无不尊尚三苏，所以当时就有"苏文熟，吃羊肉。苏文生，吃菜羹"的谚语。南宋临安有一种高端酒店就叫"肥羊酒店"，出名的有丰豫门归家、省马院前莫家、后市街口施家、马婆巷双羊店等铺。在当时，只有经济条件比较富裕才能吃得起羊肉。《水浒传》第三十七回里有个有趣的情节，宋江、戴宗、李逵相

南宋·陈居中《四羊图》

四只山羊精工细致，刻画入微

识后，在琵琶亭酒馆饮酒吃饭，先要了一份鱼汤，却不够新鲜，宋江、戴宗都没有太吃，李逵便狼吞虎咽连鱼带汤全都下肚，于是宋江喊来酒保："我这大哥想是肚饥。你可去大块肉切二斤来与他吃，少刻一发算钱还你。"酒保道："小人这里只卖羊肉，却没牛肉。要肥羊尽有。"李逵听了，便把鱼汁劈脸泼将去，淋那酒保一身。戴宗喝道："你又做甚么！"李逵应道："叵耐这厮无礼，欺负我只吃牛肉，不卖羊肉与我吃！"李逵之所以勃然大怒，是因为羊肉在当时是"贵族食品"，牛肉则很廉价，李逵感觉这酒保是在讽刺他们吃不起羊肉，只配吃牛肉。后来宋江点了二斤羊肉这才作罢。如果不了解这样的社会背景，读这段文字就会感到莫名其妙。在《水浒传》里，各位英雄好汉大都是草莽英雄，所以基本上都是吃牛肉，只有呼延灼出场时吃羊肉，因为他是北宋河东开国名将呼延赞的后人，在当时也是名将。

南宋绍兴年间，苏州羊肉价格高到一斤九百文，连市监都吃不起，只能每天吃鱼虾。宋代的下级武官三班奉职"月俸钱七百，驿羊肉半斤"，有人写诗说"三班奉职实堪悲，卑贱孤寒即可知。七百料钱何日富，半斤羊肉几时肥"，月工资七百文，只够买半斤羊肉。以上两个价格在当时属于特例，但羊肉价格在平时也极高，普通人家难以承担。北宋与苏轼同时期有个穷书生叫韩宗儒，没钱吃羊肉但又嘴馋，就经常给苏轼写信，得到苏轼回信就拿给爱慕苏轼书法的姚麟许，一次能换十来斤羊肉。黄庭坚后来就把苏轼的书法戏称为"换羊书"。有次韩宗儒又想吃羊肉，一天连着给苏轼写了两封信，苏轼回他的信中只有六个字："今日寒食，断屠。"今天是寒食节，你就别想吃羊肉了。事实上苏轼自己也喜欢吃羊肉，他还有煮羊肉的秘方："先将羊肉放在锅内，用胡桃二三个带壳煮，三四滚，去胡桃。再放三四个，竟煮熟，然后开锅，毫无膻气。"

因为羊肉高贵，梦到羊都是吉祥兆头。吴近经常梦到一个写着"迎康"字样的亭子，旁边有一丛芍药，独开一朵花，花下有一只白羊。后来他的女儿吴氏选入康王赵构府中，赵构登基称帝后，成为皇后。吴近因为女儿的缘故，累官武翼郎，赠太师，追封吴王。赵子偁是秀水县丞，他的妻子梦到神仙送来一只羊，后来生下一个男孩，取名赵伯琮，小名羊儿。宋高宗赵构的儿子早死，从赵姓家族中遴选养子，赵伯琮入选，就是后来的宋孝宗赵昚。

二 猪肉

相较于羊肉，猪肉要廉价不少。《夷坚志》中记载一个故事，苏州林家有个儿媳出生于尚书之家，从不吃猪肉，林家人劝她："吾家寒素，非汝家比，安得常有羊肉？盍随家丰俭，勉食之。"我们只是普通人家，与尚书家不能比，怎么可能经常吃到羊肉呢？你得根据不同家庭的条件来饮食啊。《水浒传》里鲁智深拳打的镇关西，便是卖猪肉的屠夫，鲁智深骂他："你是个卖肉的操刀屠户，狗一般的人，也叫做镇关西？！"对于普通百姓来说，猪肉性价比高，是吃肉的好选择，但对贫困人家，一年能吃猪肉的机会也很有限。陆游诗中"岁时相劳苦，盛馔一豚肩""小槽酒熟豚蹄美，剩与儿童乐太平"都是食用猪肉的记录。

北宋汴京的南薰门平时是禁止寻常百姓和出殡人车通行的，因为它正对着皇宫大门。但是京城外乡下百姓要把待宰的猪赶进城，只能从南薰门进到城里。每天一到晚上，数万头猪就会从这个门被赶进都城，猪群虽多，赶猪的人却很少，只有十几个人。他们的赶猪能力很强，猪群不会走乱，也从不走失一头。在《清明上河图》中，就有猪群出现在街道上的生动画面。宋

北宋·张择端《清明上河图》（局部）
可以看到街道上的被驱赶前往猪市的猪群

代也有专卖猪肉的饭店，《西湖老人繁胜录》中记载杭州瓦市"内有起店数家，大店每日使猪十口，只不用头蹄血脏"。

苏轼在黄州写下了著名的《猪肉颂》："净洗铛，少著水，柴头罨烟焰不起。待他自熟莫催他，火候足时他自美。黄州好猪肉，价贱如泥土。贵者不肯吃，贫者不解煮，早晨起来打两碗，饱得自家君莫管。"猪肉"价贱如泥""贵者不吃"是当时社会的真实写照。宋神宗熙宁十年，皇宫消耗羊肉四十多万斤，猪肉只有四千多斤，用量极为悬殊，可以想见，食用猪肉的大概都是宫中的下人。宋高宗一行驾临张俊府邸，张俊给高宗和重要大臣们准备的美味佳肴中有种种羊肉，但招待"禁卫一行祗应人等"工作人员的饮食中，则有"熟猪肉三千斤"。当然，苏轼为猪肉写的诗文，对猪肉社会地位的提升起到了作用，人们将他视为东坡肉的发明人是很有道理的。

三　牛肉

宋代价格最低的是牛肉。和不少朝代一样，宋代禁止屠杀耕牛，宋真宗景德年间的禁令对宰杀耕牛给出"配千里，徒三年"的惩罚，而明知是耕牛肉还去买肉兴贩的，也要"徒二年"，《水浒传》里武松杀了两个人，才刺配两千里而已。类似的禁令在两宋反复颁发，有的禁令中还设立有赏钱，鼓励大家告发屠杀销售耕牛的情况。建炎四年五月二十三日，宋高宗诏："访闻行在诸军及越州内外，多有宰杀耕牛之人，可令御营使司出榜禁止，诸色人告捉，赏钱三百贯。"很快绍兴元年九月二十九日，又诏："越州内外杀牛、知情买肉人并徒二年，配千里，立赏钱一百贯。"类似的禁令，在两宋屡屡发出，显然是因为违反者太多。南宋时福建、江浙屠牛食肉的风气很盛，军器监丞黄然就曾指出："福建、江浙贩牛屠卖，十百为群。"这其中有两种情况：一种是遇到灾年无法耕种，灾民出于无奈，只能杀牛取肉，以求活命。另一种则是故意偷杀耕牛，售卖牛肉取利。政府禁止宰杀耕牛，对自然死亡或其他原因需要宰杀的，政府设立有专门的皮剥所来处理，不允许民众随意自行宰杀。然而活的耕牛价值较低，宰杀售卖价格反而高，如果不通过皮剥所，自行杀牛售卖，就能获得较高利润。因此民间买卖牛肉的风气依然兴盛，其中偷杀耕牛的情形自然所在多有。在南宋人编辑的汇集当时几位著名官员判词的《名公书判清明集》中，有"宰牛"一类，记录了三则关于宰牛的判词。有位刘棠是乡试的解元，却以宰杀牲畜为业，经常被人告发宰杀耕牛，但他因为自己中举的身份，从不担心。刘克庄的判词中说，法律规定中举只能免除因犯公罪所判杖刑，而杀牛属于私罪，应该处以徒刑。法律又规定，宰杀牛马三头者，哪怕遇到朝廷恩赦，也都要发配邻州。计算刘棠平日所杀耕牛，何止千百头，理应判处徒流之刑，这不是乡试解元的身份所能庇佑的。但考虑到正值盛夏时节，朝廷刑狱使者刚刚传达了皇上虑囚的诏令，所以不再节外生枝。刘棠责杖刑一百，并将刘棠的酒坊、肉铺立即拆除。在宋元南戏《张协状元》中，有个拦路抢劫的匪人，宣称自己"贩私盐、卖私茶，是我时常道业；剥人牛、杀人犬，是我日逐营生"。

一方面，关于宰杀耕牛的禁令高悬，另一方面，朝廷也在寻求其他方式保障耕牛。北宋宋徽宗大观四年三月二十七日，有大臣提出建议："伏见无知之民，日以屠牛取利者，所在有之。比年朝廷虽增严法度，然亦未能止绝。盖一牛之价不过五七千，一牛之肉不下三二百斤，肉每斤价直须百钱，利入厚，故人多贪利，不顾重刑……望特下有司立法，凡倒死牛肉每斤价直不得过二十文。如辄敢增添者，约定刑名，其买卖人并同罪，许人告捉。肉既价贱，则卖者无利，虽不严禁增赏，自绝其弊。"当时购买一头耕牛的价格是五千到七千文，而牛肉的价格则是一斤一百文，一头牛的重量在二百到三百斤之间，如果以三百斤的牛有二百斤肉来计算，卖肉可以卖到二十千文，这远远高于耕牛的价格，所以很多人愿意铤而走险。因此他建议政府规定牛肉价格的上限，耕牛不许宰杀，自行死亡的牛（宰杀耕牛者往往以此为借口）的肉，最高限价一斤二十文，如此一来，一头三百斤的耕牛要是杀掉卖肉，按二百斤肉算，只能换回四百文，低于活牛的价值，人们自然就不会把健壮的耕牛宰杀卖肉。如此双管齐下，对于保护耕牛能起到实际的作用。

二十文一斤的政府限价大概也没有能够真正全面实行，但宋代牛肉的价格最高时也不过一斤百文，相比于羊肉最高时一斤九百文乃至一千多文，算得上极为低廉。在底层民众中，牛肉有一定的市场。《水浒传》中好汉们在落草前往往只吃牛肉，主要还是因为牛肉便宜。

第二章

逛街

在宋代如何开一间茶肆

　　行走在宋代街头，茶坊（当时也称为茶肆、茶楼）是最常见的公共空间。北宋汴梁，著名的茶坊有北山子茶坊，装修有"仙洞""仙桥"等景观，官宦人家的仕女闺秀，往往会来这里夜游，吃茶游玩。新封丘门大街一带，茶坊、酒馆随处可见。除了固定的茶肆，还有流动的茶车、茶担子，这种流动摊贩，当时称之为"浮铺"，在夜市中最多，为游客提供服务。首都之外，各地的城市乡镇和草市中也有茶肆。

　　北宋初年，宋军攻破后蜀国，抄获大量名家书画。宋太宗看到这些名画，

北宋·张择端《清明上河图》（局部）

图中是一间茶肆

询问左右："宫中收藏这些东西有何用处呢？"身边人回答："这是为了让帝王欣赏。"太祖说："让皇帝一个人欣赏，哪里比得上给大家一起欣赏？"于是把这些画作赏赐给东门外的茶肆，让百姓都能欣赏。南宋杭州的茶肆，也继承了北宋的风格，装饰雅致，"插四时花，挂名人画，装点店面"，或是"列花架，安顿奇松异桧等物于其上，装饰店面"。

一 茶肆卖茶更卖饮料

南宋杭州的茶肆中主要售卖各种茶水饮料、奇茶异汤，等到了冬天，还会销售七宝擂茶、馓子、葱茶和盐豉汤，夏天则售卖雪泡梅花酒、缩脾饮等冷饮。七宝擂茶和寻常点茶区别很大，是将芽茶、熟芝麻、川椒、盐、酥油饼或干面、栗子片、松子仁、胡桃或酥油等原料放入擂钵中捣碎后用水冲泡，样子更像是芝麻糊，是介于茶和粥之间的食物，当时也有人称之为"茗粥"。喝七宝擂茶显然不能如喝茶一样解渴，是冬天为了驱寒取暖而食用的食物。葱茶是将葱段与金银花煮开，在冬日饮用可以温暖身体，在宋代是流行的养生茶饮。袁说友有诗云"吾乡此茗孰与伦，谁家却说江茶珍。剥葱细切夸珠蠔，泛瓯更骋如铺璘"，宋代北方把葱茶当药来治疗风寒感冒，这种方法流传至今。馓子又称食馓、捻具、寒具、麻物子，今天依旧是有名的风味美食。盐豉汤就是用豆豉、馓子碎末和肉煮成的汤，可以滋补驱寒，是宋代在上元节前后流行的食物。雪泡梅花酒、缩脾饮在前文中都曾经详细介绍过，也是具有养生作用的饮料，夏日冰镇之后售卖，是解暑的良品。

绍兴年间，杭州茶肆夏天售卖冷饮梅花酒，经常伴有音乐表演，以鼓乐奏《梅花引》曲，乐声与酒香相得益彰，酒杯茶杯都用银盂杓盏子。到南宋晚期，卖茶卖饮料则是敲打响盏歌卖，茶具也换成了瓷盏漆托，不再使用银盂。

二　宋代的公共空间

茶肆作为宋代最重要的市民公共空间，最重要的服务其实并非喝茶，而是给人们交流的空间，正如《梦粱录》所记："人情茶肆，本非以点茶汤为业，但将此为由，多觅茶金耳。"

有行业协会专在茶楼聚会，将茶楼当成是商业交流的场所。此外很多茶楼有富室子弟、诸司下直等人在此聚会，习学乐器、上教曲赚之类，叫作"挂牌儿"。也有的茶楼提供说书服务，乾道年间，吕德卿等人出嘉会门到茶肆，看见海报："今晚讲说《汉书》。"

《武林旧事》中记载诸处茶肆，如清乐茶坊、八仙茶坊、珠子茶坊、潘家茶坊、连三茶坊、连二茶坊，及金波桥等两河以至瓦市，"各有等差，莫不靓妆迎门，争妍卖笑，朝歌暮弦，摇荡心目。凡初登门，则有提瓶献茗者，虽杯茶亦犒数千，谓之点花茶。登楼甫饮一杯，则先与数贯，谓之支酒。然后呼唤提卖，随意置宴"，有美妓歌舞升平，绝不仅仅是饮茶而已，这种地方花钱如流水，一杯茶就要几千文。杭州大街还有三五家开茶肆，楼上藏着妓女，叫作"花茶坊"，有名的如市西坊南潘节干、俞七郎茶坊，保佑坊北朱骷髅茶坊，太平坊郭四郎茶坊，太平坊北首张七相干茶坊等五家，"盖此五处多有炒闹，非君子驻足之地也"。类似"花茶坊"的还有"水茶坊"，是"娼家聊设桌凳，以茶为由，后生辈甘于费钱，谓之干茶钱"的地方。宋代一些官员的家训中，就有"诸子出入，不得入酒肆茶肆"的规定。但士大夫们聚会也经常选在茶肆，南宋杭州的张卖面店隔壁黄尖嘴蹴球茶坊、中瓦内王妈妈家茶肆（名叫一窟鬼茶坊）、大街车儿茶肆、蒋检阅茶肆，都是士大夫期朋约友会聚之处。

因为茶肆是各色人员来往之地，往往消息灵通。秦桧的孙女养了只长毛狮猫，非常喜爱，有天猫走失了，秦桧要求临安府限时找回，几乎抓到了临安府所有的狮子猫，都不是丢失那只。实在没有办法，就将丢掉的猫画成图像，贴在一百多家茶肆酒坊里寻求下落。南宋宝庆年间，宰相史弥远为了对付政敌真德秀、魏了翁，传出消息：谁能弹劾这二人，就授予高官。有个地方小官员叫梁成大，听说这一消息后，每天跑去茶肆中恶意诋毁真德秀、魏了翁，消息果然很快扩散，史弥远大为惊喜，擢升梁成大做了言官。

宋代话本中不少故事直接从茶肆中开始发生，如《赵伯升茶肆遇仁宗》，是说赵旭在一家茶肆遇到微服私行的宋仁宗，再如《闹樊楼多情周胜仙》，周胜仙、范二郎就是在茶坊一见钟情。

三　如何开一间茶肆

宋代在大的城市开茶肆，大部分人都没有商铺，就需要先跟政府租房子，不同地段租金差别很大，汴梁好地段的房子，一天就要一百七十文，偏僻的地方则只要十几文而已。显然作为公共空间，茶肆最好选择人流量大的热闹场所，商业中心尤佳，租金不能太省。宋元南戏《张协状元》中有一段说白："你看茶坊济楚，楼上宽疏。门前有食店酒楼，隔壁有浴堂米铺。才出门前便是试院，要闹却是棚栏，左壁厢角奴鸳鸯楼，右壁厢散妓花柳市。此处安泊，尽自不妨。"这正说明茶坊的周围，最好与酒店、浴室、勾栏瓦肆、风月场所相邻，才能有更多的客流量，事实上汴梁、临安的知名茶坊，大都位于这种热闹地段。

有了自己的场地，要经营还得交税和加入行业协会（简称为行会）。宋代政府大力扶持行会，并通过行会获取必要的物资和服务，各种零售行当，大都有自己的行会，从业人员将自己的名字在行会中登记注册，才可以正常经营。此外还需要缴纳"免行钱"，根据各行业的收入情况制定征收标准，各个行会再根据各家商铺的经营情况征收。行会收钱也会办事，茶肆在经营中接触三教九流，也会遇到各色官员，难免遭遇种种事端，行会有义务帮助支持维护茶肆的正当权益。

茶肆开张，最重要的原材料是茶叶。宋代的茶叶政策经历了两个阶段，在北宋前期，实行榷茶制度，政府就是最大的批发商。简而言之就是政府从茶农手里收购茶叶，并在一些城市设立名为榷货务的批发站，大商人都来这里批发，严禁商人直接和茶农交易，茶农生产的茶叶必须全部卖给政府。大商人从榷货务批发到茶叶，再卖给小商人，小商人再继续向下销售。在这个过程中，政府需要给茶农付钱，还要承担运输茶叶的成本，运输到榷货务。大商人拿钱帛直接从政府的榷货务批发到茶叶，一手交钱一手交货。整个茶叶交易都在政府的直接管理之下。后来政府想到了一个简便的方法，商人直接在首都的榷货务交钱，可以买到一张类似今天提货券的东西，名叫"交钞"，去南方提货，这样运输成本就由商人承担，政府更加轻松。到了宋太宗雍熙年间，在和北方的战争中需要大量粮草和物资，希望商人们来协助运送，于是提出商人将粮草物资运到北方，政府则给予价值大于这些粮草物资的钱、盐、茶等作为回报，其中的茶当然需要商人自己去南方取货，政府还是开具一张"提货券"，称之为"茶叶交引"。这个过程中商人需要多次奔波，先要筹备粮草物资送到北方（后来战争结束，也可以运输政府需要的物资到首都），就会得到大于这些物资价值的券，然后再拿着券奔波到南方，拿到茶叶（拿茶叶不需要再付钱），就可以将茶叶贩卖到任何地方（但沿途需要在各个税务卡点依次交税，贩卖得越远，交的税就越多），虽然辛苦，但是能有高额的收益，因而商人都积极参与。对政府来说，这一举措缓解了自己的燃眉之急，获得了商人们的物资粮草。但随着这个制度的实行，就会出现一些弊端，例如政府和商人不再是一手交钱一手交货，对茶叶交易的控制力有所下降，在茶叶上的收入就会降低，同时政府为了多获取商人的钱物，会设法多印茶叶交引。

更麻烦的是，这种交引变成了一个可以炒作的有价证券，有人低价买交引，再高价卖出去，再后来首都开了很多交引铺，专门倒卖交引。最终这些倒卖者成为这个制度中最大的受益人，最终导致交引贬值，政府和茶商都吃亏。宋仁宗时政府改革，实行通商法，政府彻底从茶叶的直接交易经营中退出，转而收取专卖税，间接控制市场。此时大商人给政府交专卖税，就可以直接去和茶园的茶农交易，政府不再干预。北宋末蔡京多次对茶叶销售进行改革，先后多次变化，大致来说，政府要在茶叶交易中收税，商人需要提前购买茶引，这个茶引就是政府收的税，代表着茶叶经营许可。宋徽宗时期，单销售茶引，政府便年收入四百万缗。茶园认茶引不认人，只要手持茶引，就可以在规定的区域内贩卖茶叶。可以简单地理解为，茶引代表着区域营业资质，因为当时茶叶是百姓日用必备的物资，所以拿到这个资质，就一定能挣到钱。这个时候，代表资质的这张纸就有了货币功能。此时的茶引和早期的茶叶交引是完全不同的概念，早期是提货券，现在则是许可证。茶引也叫茶券子，宋代有个叫《王朝议》的故事，讲汴京一群骗子骗取吴人沈将仕的钱财，故事里沈将仕手里的主要财产，就是两三千张茶券子。茶商拿到茶引，需要去茶园购买茶叶后，再销售给小茶商和大茶店，小茶肆则从小商贩或大店家购茶。根据茶品质的好坏，民间一斤茶的价格正常在几十文到几百文之间，当然，一些极为名贵的茶饼则是天价。

茶肆有了稳定的茶叶来源，接下来就要考虑经营策略，形成自己的特色。宋代首都茶肆定位清晰，有的以装修精美雅致吸引客人，有的提供说书、音乐表演，还有的茶肆提供其他业务，例如有的茶肆还能泡澡沐浴，有的茶肆设立赌场，甚至有"花茶坊""水茶坊"这样暗藏妓院的茶肆。

此外，茶肆开门经营，服务态度要好，有的客人自己带茶来，也要予以接待，南宋大诗人陆游就经常自己带茶去茶肆。宋人传说神仙吕洞宾喜欢装扮成乞丐去茶肆试探，服务态度极好就有机会得道升仙，神仙虽然渺茫，但如果将吕洞宾视为一种社会力量的隐喻，则应该在经营中对所有的客人都尽可能提供好的服务，因为客人中藏龙卧虎，不乏"神仙"。宋代人传说宋仁宗就曾去茶肆微服私访，并且相中了一个普通士子。

宋代的大量茶肆规模很小，都是一家几口人经营，如果生意扩大，就需要引进茶仆，一般尊称为茶博士。茶博士不仅服务要专业，而且要精通行业"黑话"。比如内部盘点一天的收入时，不能直接说出数额，以防为人听去，而要用地名代替，例如"今日到了余杭县""走到了平江府"之类，外人听起来简直云里雾里。实际上这是用地理位置的远近暗指钱数，比如杭州到余杭县是四十五里路，代表着四十五钱；平江府距离杭州三百六十里，自然就代表着赚到了三百六十钱。

诚信经营也能为茶肆加分，这方面的典范是汴梁樊楼边的一家小茶肆。王明清《摭青杂说》中记载，这家茶肆"甚潇洒清洁，皆一品器皿，椅桌皆济楚"，加上地理位置优渥，生意极好。宋神宗熙宁、元丰年间，有位外地来汴梁的李生，在这家茶肆前遇到故人，便来到茶肆饮茶叙旧，聊到开心，更是径直去了隔壁樊楼喝酒，却不承想把一包金子丢在了茶肆桌子上。等喝酒到半夜，这才想起金子来，但一想那茶肆人来人往，金子肯定是找不到了，也就没有再去询问，直接回了老家。过了几年，李生重来汴梁，在茶楼前跟人说起自己当年丢了金子的事，恰好被茶肆主人听见，问过李生当年的衣着后，茶肆主人跟他说：这包黄金当年我帮你收起来了，当年我也赶在你身后想送还，但你出门后速度太快，没有赶上，路上人多，一下没有找到你的踪迹。我便帮你收着，想你第二天肯定来取，我也不曾打开包裹。但觉包裹很重，应该就是黄金白银一类吧。你只要说出块数、重量，就可以领回去。李生说：如果真被你收到如今，我愿意分你一半。茶肆主人笑而不答，带着李生上了阁楼，李生便看见这里收着的全是客人遗失的物品，雨伞、鞋子、衣服、器皿之类尤其多，上面都贴着标签：某年某月某日，什么打扮的人丢失的。失主是僧道妇人，则写"僧道妇人"，其他各色人，则写"其人似商贾，似官员，似秀才，似公吏"，实在不知是什么人的，则写"不知其人"。主人和李生在角落找到一个小包袱，正是李生丢失的黄金。李生说出了块数、重量，主人马上就把包裹递给了李生。李生拿出一半要分给主人，茶肆主人说：您是读书人，怎么会如此不知人？义与利之分，古来为人所重。我要是重利轻义，怎么会告诉你失物的消息呢？哪怕我不说，您也拿我没有办法，我也惹不上官司。我之所以如此，只是担心有愧于心罢了。

和今天一样，单卖茶水很难支撑起一家茶肆的运营，需要提供多元的商品和服务。茶肆有个优势是来往人多，往往可以提供场地，在这里组织临时的售卖活动。北宋汴京潘楼东街巷的茶坊五更点灯，博易，买卖衣服、图画、领抹之类，还有的商人在茶肆拍卖珍奇宝物，这都能为茶肆带来流量和收入。一些茶肆还销售节令用品，比如杭州每到元宵节前，家家茶肆都开始售卖各种精美的彩灯。有的茶肆老板更是利用场地和人脉优势，兼职售卖其他商品，或者提

清·谢遂《仿宋院本金陵图》（局部）
图中是一间较为简陋的乡村茶肆

供市场中介服务。《水浒传》里有很多个王婆，其中最有名的一个，便在阳谷
县紫石街开着一间茶坊，与武大郎家正是隔壁邻居。她的茶坊中卖梅汤、和合
汤、姜茶、煎叶儿茶等等茶点，但她自己跟西门庆说自己主要的赚钱营生，则
是"头是做媒，又会做牙婆，也会抱腰，也会收小的，也会说风情，也会做马
泊六"，牙婆是买卖的中间人，抱腰是接生，马泊六则是男女不正当关系的说
合人，三姑六婆的活她一个人就能全干，西门庆和潘金莲勾搭成奸，便是在她
的茶坊，《水浒传》中有诗为证云："西门浪子意猖狂，死下工夫戏女娘。亏
杀卖茶王老母，生教巫女就襄王。"

勾栏瓦肆都有哪些娱乐

在宋代逛街，最热闹的去处是瓦子，也叫勾栏瓦肆，这是宋代出现的一种游娱场所，以演艺为主，兼及卖卦、饮食等。北宋时期杭州就有瓦子，南渡以后，临安新建的瓦子中，最早的是绍兴十一年（1141年）宋金议和之后由杨沂中建立的，主要是为了给军中兵士提供娱乐，类似后代的军人俱乐部。此后逐步发展，更多面向市民的瓦子建立起来，宋孝宗时多至二十三座，此后还有增加，直到南宋末年数量逐渐减少。这些瓦子城外归军方的殿前司管理，城内的归修内司管理。

当时瓦子在大中城市都能见到。《水浒传》里郓城县开设有小型瓦子。有个说唱人白秀英，与郓城新知县相好已久，遂到郓城开勾栏。在郓城与宋江的老婆阎婆惜勾搭成奸的张文远，"平昔只爱去三瓦两舍，飘蓬浮荡，学得一身风流俊俏"。连小李广花荣的清风寨上，也有小瓦子。虽是小说家言，但《水浒传》的不少原始材料完成于宋元时期，能反映出宋代一些小城市也有瓦子。

瓦子是宋代城市娱乐生活的代表，大城市的瓦子几乎昼夜开放，全天候营业。一到这声色犬马的繁华瓦子，你就觉得时间都不够用了。一大早过去，不知不觉沉迷其中，转瞬间就到了天黑时分。宋代大城市的瓦子，不管是刮风下雨，还是寒冬炎夏，瓦子的各个棚里，全都是爆满，每天都是如此。宋朝以后，瓦子的盛况不再，元明时期，勾栏退化成了妓院的代名词，到明朝中后期，连流风余韵都逐渐消散在历史的长河里。可以说，瓦子是独属于宋（以及同时期的金）的时代风流。

一 勾栏瓦肆长啥样

瓦子大都占地面积极大，《东京梦华录》中记载州西瓦子南起汴河岸边，北到梁门大街，占地要一里多，据学者推算，占地面积超过百亩。瓦子里最主要的场所就叫勾栏，在如此巨大的范围内，又分布许多座勾栏。

勾栏又叫勾肆、游棚、邀棚，简称棚，是固定的演出场所。勾栏有戏台、戏房、腰棚、神楼等分区，其中戏房类似今天的演员后台，腰棚是观众区域，结构略似今天的大剧院。北宋汴梁挨在一起的桑家瓦子、中瓦、里瓦，三家共有五十多个不同规模的勾栏。这些勾栏各自都有名字，其中最具规模的当属中瓦子的莲花棚和牡丹棚，以及里瓦子的夜叉棚和象棚。这几个大勾栏，都能容纳几千人同时观看表演，可以推测出每天的客人数以万计。

大瓦子中的勾栏，有的有明确分工，并请知名艺人坐镇。南宋临安北瓦的十三座勾栏中，有两座"专说史书"，名家有乔万卷、许贵士、张解元。还有一种"背做蓬花棚"，则主要表演御前杂剧，角儿有赵泰、王葵喜、宋邦宁、何宴清、锄头段子贵等等。有位小张四郎，一生都只在北瓦中的一座勾栏表演"说话"，不曾去别瓦作场，人们把这里叫"小张四郎勾栏"。大的瓦子中有很多座勾栏，最小型的瓦子就只有一座勾栏了。一般小瓦子，也可以直接称之为勾栏。

早期没有门票概念，进入瓦子似乎不需要费用，但在南宋晚期，进入瓦子就需要收门票了，勾栏中节目表演前后，有专人来收取赏钱，当时已经形成了规矩，观看表演一定要付钱。富裕子弟往往挥金如土，对自己喜爱的艺人疯狂打赏。

二　瓦子里提供哪些表演

瓦子中能提供的服务，最主要是表演和买卖，演艺和商业结合，南宋时期又增加了色情行业，便成为三足鼎立的业态。

其中表演又分为很多类型。一是曲艺类。曲艺是一个大类，当时流行的表演形式又有十多种。

第一是小唱，也叫"浅斟低唱"。北宋词人柳永落第后填了一首《鹤冲天》词，其中就有"才子词人，自是白衣卿相""忍把浮名，换了浅斟低唱"等句，传说柳永后来参加科举，本来已经高中，宋仁宗对他之前的《鹤冲天》非常不满，看到他的名字后说"且去浅斟低唱，何要浮名"，并有"且去填词"的批词，将其黜落。柳永便自称"奉旨填词"。小唱讲究声字清圆，同时有乐器伴奏。小唱这种艺术，最有名的艺人莫过于李师师、徐婆惜、封宜奴、孙三四等人，她们确实是一代名角。这其中李师师是不少话本、小说的主角，据说她与著名词人张先、晏几道、秦观、周邦彦以及宋徽宗赵佶等人均有交游。

第二是嘌唱。这种表演是根据已有的令、曲、小词等小型歌曲，在演唱的同时进行音乐变奏的一种歌唱方法，内容相较于小曲的雅致来说，一般比较通俗乃至低俗，多有情色内容。伴奏是敲打鼓面和盏子。

第三是杂剧。宋代杂剧与后代杂剧不同，是在唐代参军戏的基础上，又吸收其他民间艺术的成分发展起来的。演出只有两个角色，形式也比较简单，有点类似今天的相声，但演员女性居多，会化彩妆扮演相关角色。宋徽宗时期有一批著名的艺人，原来隶属于教坊，脱籍离职之后继续到市井从事演出工作。

第四是傀儡戏，类似今天的木偶戏。根据其傀儡人物的制作和表演方式的不同，又可分为杖头傀儡（用竖杆支起小舞台，人在里边用手操纵傀儡表演）、悬丝傀儡（人在幕后用提线操纵傀儡表演）、药发傀儡（以火药带动的傀儡表演）、水傀儡（艺人在水中进行表演，一说是用水力作为机关动力的傀儡）、肉傀儡（用小孩扮作傀儡进行表演）等。南宋吴潜有《秋夜雨·依韵戏赋傀儡》词云："腰棚傀儡曾悬索，粗瞒凭一层幕，施呈精妙处，解幻出、蛟龙头角。　谁知鲍老从旁笑，更郭郎、摇手消薄。歧路难准托。田稻熟只宜村落。"描绘的就是明州勾栏表演悬丝傀儡戏的情景。

第五是散乐，是由民间乐舞发展而成的一种曲艺、杂耍和音乐结合的节目。南宋《都城纪胜》记载："散乐，传学教坊十三部。"内容更为繁多，系指笙簧、大鼓、杖鼓、筝、琵琶、方响、拍板、笙、笛、舞旋、杂剧、参军、歌板诸项目。

第六是诸宫调。宋徽宗时期杰出的表演者是著名说唱艺人孔三传，北宋泽州人氏。他发明了古代韵律宫调，突破发展了当时大曲的演唱形式，对元杂剧的兴起和中国戏曲艺术的繁荣做出了杰出贡献，被誉为"中国戏曲音乐鼻祖"。吴自牧《梦粱录·妓乐》记载："说唱诸宫调，昨汴京有孔三传编成传奇灵怪，入曲说唱；今杭城有女流熊保保及后辈女童皆效此，说唱亦精，于上鼓板无二也。"《水浒传》里蒋门神"初来孟州新娶的妾，原是西瓦子里唱说诸般宫调的顶老"，"顶老"是宋代对歌妓的称呼。

第七是杂班，似杂剧而简略。艺人们原在街头巷口表演，后来才进入到瓦舍勾栏。

　　第八是说诨话。说诨话是类似讲笑话段子的表演，除了说，也会演唱，叫唱诨。宋王灼《碧鸡漫志》卷二记载："长短句中作滑稽无赖语，起于至和。嘉祐之前，犹未盛也。熙丰、元祐间，兖州张山人以诙谐独步京师，时出一两解。"

　　第九是说商谜，以猜谜斗智的形式自娱或娱乐观众的伎艺。表演时，不仅由演员互相猜答，且可与听众互猜。"商"为任人商略之意。宋灌圃耐得翁《都城纪胜·瓦舍众伎》："商谜，旧用鼓板吹《贺圣朝》，聚人猜诗谜、字谜、戾谜、社谜，本是隐语。"

　　第十是叫果子，主要是模仿大街小巷各种行当叫卖的市声。这种市声曲调逐渐定型，称为"货郎儿"或"货郎太平歌""货郎转调歌"。宋高承《事物纪原·吟叫》记载："嘉祐末，仁宗上仙，……四海方遏密，故市井初有叫果子之戏。其本盖自至和、嘉祐之间，叫'紫苏丸'，泊乐工杜人经'十叫子'始也。京师凡卖一物，必有声韵，其吟哦俱不同，故市人采其声调，间以词章，以为戏乐也。"

第十一是皮影戏和手影戏。皮影戏亦称"影灯戏"。用纸或皮剪作人物形象，以灯光映于帷布上操作表演的戏剧。南宋《都城纪胜》："凡影戏乃京师人初以素纸雕镞，后用彩色装皮为之。"《梦粱录》中也说："有弄影戏者，元汴京初以素纸雕簇，自后人巧工精，以羊皮雕形，用以彩色妆饰，不致损坏。"最早都是用纸张剪成人物图像，后来才改为用羊皮制作。手影戏是通过双手十指的组合，用影子来表演人物、动物和一些简单诙谐的故事。

十二是说书类。当时叫说话或评书。"说话"分为四家，即小说、讲史、说经、合生。其中小说主题都是说唱一些烟粉、灵怪、传奇之类哀艳动人的故事，讲史主要是讲说历代争战兴亡。说经主要是讲一些佛教经典中的因果报应故事，这些故事往往充满瑰奇的想象，但主题总是引人向善，在当时很受欢迎，说经人大都是专职的艺人，但也不乏僧人前来瓦子讲说。合生也作"合笙"，具体形式是指物题，一人说一个事物，另一个人根据要求创作一首诗歌或唱一支曲子，有点类似今天相声中的"酒令"。

南宋·佚名《歌乐图》
图绘宫廷歌乐女伎演奏、排练的场景

十三是杂技类。以宋徽宗时期的汴梁瓦子为例，有表演柔术和变戏法的，有用踢弄技法表演脚蹬球、杖的，还有小儿相扑杂剧和舞弄掉刀、蛮牌等武打表演的。当时的杂技表演中，"筋骨"也叫"拗腰肢"，表演者翻折其身，手脚同时触地，口衔器物而复起立，类似今天杂技中的柔术。上索是捆绑和柔术结合的一种表演。杂手伎即杂手艺，类似今天的变戏法。踢弄是艺人仰卧在特制的座子上或地上，用双脚表演、舞弄、承接各种道具的技巧，类似今天的"蹬技"，是当时杂手伎中的一种。球杖踢弄就是以球或杖为表演道具的踢弄。当时有专业的踢弄人。掉刀、蛮牌则是指舞刀弄盾的一种武术表演。小儿相扑杂剧是两个小孩子表演角力的一种娱乐性节目。四川邛窑出土过宋小儿相扑瓷像。

当时瓦子还流行各种戏法，史料中有"旋烧泥丸子"，类似今天仍能见到的"三仙归洞"，用一根筷子，两个碗，三个泥丸子，便可使三丸子在两碗之间来回地变幻。也有学者认为这是一种魔术，表演者将泥丸塞入口中，通过魔术手法，变幻出水果等物出来。南宋临安的瓦子"天下术士皆聚焉，凡挟术者，易得厚获"，这种术士的表演，大都也是魔术和占卜之类。

在宋代，瓦子中表演的艺人，经常被皇宫或官府请到重要的活动中表演。宋徽宗游览金明池随驾的艺人中不少来自勾栏瓦肆。凡是为皇帝提供过表演的艺人，之后再在勾栏演出，便会挂出"御前"字样的牌子。南宋绍兴末年撤销了管理宫廷音乐的教坊，朝廷的礼乐娱乐活动更是大量依靠瓦子中的艺人。后来虽然恢复了教坊的名义，隶属于修内司教乐所，但"然遇大宴等，每差衙前乐权充之。不足，则又和雇市人。近年衙前乐已无教坊旧人，多是市井岐路之辈"。北宋时冬至祭祀返回后在宣德楼举行的宣赦仪式，都是由军乐队钧容直和御龙直表演，其中钧容直奏乐、表演杂剧和舞旋，御龙直表演神鬼杂剧，到了南宋，全都改为由瓦子艺人表演。

除了丰富的表演，瓦子还是一个热闹的开放百货集市，汴梁的瓦子里有做各种买卖的，像卖药的、算卦的、卖旧衣服的、表演摔跤的、卖饮食的、剪纸的、卖字画的、唱小曲的，各色营生不一而足。汴梁西瓦中卖药人"瓷马儿粟家"销售的治疗小儿诸惊的"夺命大青金丹"，作为验方传世。在不同的节令，瓦子内也售卖节庆用品，如七夕节卖磨喝乐（一种小儿形状的泥偶），中元节卖纸火冥器。当时的瓦子还形成了各自的特色，有所谓"四山四海"之说："衣山衣海（南瓦），卦山卦海（中瓦），南山南海（上瓦），人山人海（下瓦）。"南瓦多售卖衣服的店铺摊贩，中瓦多占卜卦师，上瓦（也叫大瓦、西瓦）多佛教内容，下瓦（北瓦）勾栏数量最多，客人也最多。南宋的瓦子中除了以上买卖，还开设有酒楼，临安南瓦熙春楼、中瓦三元楼名列当时最知名的酒楼。

北宋的瓦子似乎没有妓女，但南宋一些瓦子中开始出现妓女，"莫不靓妆迎门，争妍卖笑，朝歌暮弦，摇荡心目"，便成为风月场所。这些瓦子可能大都位于城外，属于军方管理。而城内瓦子则以商业表演为主。到了元代，色情服务成为瓦子的主流，赵孟頫曾说："良家子弟所扮杂剧，谓之'行家生活'；娼优所扮者，谓之'戾家把戏'。良人贵其耻，故扮者寡，今少矣，反以娼优扮者谓之'行家'，失之远也。"进行曲艺表演的女性基本上都成了娼妓，宋代那种兼具烟火气和风雅的瓦子一去不再。明代人则认为"杂剧，俳优所扮者，谓之'娼戏'，故曰'勾栏'"，勾栏彻底变成了妓院的代名词。

南宋有哪些兴趣社团

在今天，很多人都参加过大学、中学的兴趣社团，不少学校在新学期都有抢夺新成员的"百团大战"。在兴趣社团中，成员们为共同的兴趣组织活动，提升自己在这个领域的知识和能力，也积极向社团外的人们传播自己社团的宗旨和文化。中国最早的兴趣社团出现在南宋，以下是一些兴趣社团及其兴趣主题的清单：

绯绿社（杂剧）齐云社（蹴球）遏云社（唱赚）同文社（耍词）角抵社（相扑）清音社（清乐）锦标社（射弩）锦体社（花绣）英略社（使棒）雄辩社（小说）翠锦社（行院）绘革社（影戏）净发社（梳剃）律华社（吟叫）云机社（撮弄）七宝社（古董）蓦马社（养马）西湖诗社（文学）射弓踏弩社（射箭）射水弩社（水弩）台阁社（疑似建筑类社团）赌钱社（赌博）傀儡社（傀儡戏法）献时果社（水果）献异松怪桧奇花社（花草）

这些看起来是技艺类和行业类的兴趣社团，最早往往都是因为信仰原因而建立的，他们展示自己社团主题最多的时候，是在宗教节日活动中。其中几个社团的名字中带有"献"字，如献时果社、献异松怪桧奇花社，都会在宗教仪式中奉献各自行业的特色产品。这些社团的全面参与，使得当时的宗教活动声势浩大，同时也推动了宗教活动的日常化和民间化，使得宗教活动成为人们日

南宋·佚名《杂剧卖眼药图》
图中表现的是南宋杂剧《卖眼药》的场景，有学者认为当是官本杂剧中的《眼药酸》。图中右一演员的胳膊上有醒目的大片文身

常生活中重要的娱乐和游赏内容。这就像后世流行的庙会，虽然起源于宗教，但已经彻底成为集合商业娱乐的民俗活动，宗教性反而早已隐退。

当时还有很多纯粹宗教类的兴趣社团，例如道教徒有社团灵宝会，每月组织念诵《灵宝经》。佛教徒有上天竺寺光明会，成员专门购置供养大型灯烛并组织佛教忏拜法会。富贵人家的夫人、娘子等女性佛教徒，组织有念诵《圆觉经》的庚申会，因为这些贵妇人参会时往往要攀比服装首饰，全都穿戴一身珠翠珍宝首饰赴会，人们便将她们的社团称之为"斗宝会"。还有佛教居士组织茶汤会，专门为各地寺院组织法会提供茶汤。此外还有一些在特定时间组织起来的香会，例如正月初九是玉皇上帝诞日，就有信众组织起来一起参与组织进香朝拜，这类的临时社团，在《梦粱录》中记载有几十种，可以看到当时民间信仰的生态。

众多社团各有特色，我们这里举锦体社为例进行介绍。所谓的锦体，字面意思指的是自己的身体"花团锦簇"，其实是以刺青文身艺术为追求的社团，宋代人称呼文身，有刺绣、锦体、花绣、文绣、雕题、雕青等等名目。文身本是南方蛮夷的风俗，不为中原文化所认同，但在唐代以后，人们渐渐用文身来表达自己的个性化兴趣，例如白居易有个狂热的粉丝叫葛清，是湖北荆州人，每天唱诵白居易的诗还不够，时时刻刻难以忘怀。忘不掉怎么办？文到身上！于是他一狠心，一口气在全身文了三十多首白居易的诗，从脖子以下，全身文得满满当当。除了文上文字，他还根据对诗意的理解，配上图。比如"不是此花偏爱菊"这句，他在旁边还文着一个人手持酒杯，对着一丛菊花的图像。当时人把他的文身叫作"白舍人行诗图"，这是一个会行走的白居易诗图啊！不过我觉得他对白居易爱得还不够深，因为他特别强调的"不是此花偏爱菊"，其实压根不是白居易的诗，而是出自白居易好友元稹的《菊花》，原句为"不是花中偏爱菊"。宋代有刺配的刑罚，就是犯人在面上刺字之后发配偏远地区，因而对于寻常人家，刺青并不被认为是一件好事，身上有文身，在当时甚至不能出家当和尚。但追求个性的市井少年，不仅追求文身，而且在文身后，乐于参加结社迎神，参加各种市民活动，成为当时种种游行队列中的一道风景。这些少年们的偶像，可能是五代时期一些出身底层的帝王。后汉开国皇帝刘知远，这个出身底层军卒的皇帝，年轻时候找人在自己左臂上文一个窈窕仙女，右臂文一只抢宝青龙，背上文一个笑天夜叉。后周的太祖郭威，少年时地位低贱，脖子上文着一只飞雀，人称"郭雀儿"。五代之后，宋代的士兵群体也往往文身，并逐渐成为风尚，对于以武力服人的军卒来说，一身文身能够给人很难招惹的感觉。有的将领也为了防止士兵逃跑，把士兵都文上特殊的文身，中兴四大名将之一的张俊，就把自己手下一部分少年士兵从臀部到大腿都文上图案，称之为花腿，就是防止他们从自己军营中逃逸。一旦有逃兵，追捕时只需要查验花腿文身即可。所谓"花拳绣腿"，最早也是指这些军卒和民间恶少年们表演武术耀武扬威，后来才逐渐演变成用来指代姿势好看而搏斗时用处不大的拳术。

锦体社的成员大都不是良家子弟，是市井中的边缘少年，所谓"浮浪之辈"，注重江湖义气。《水浒传》里有不少梁山好汉有文身，外号"九纹龙"的史进，就是"请高手匠人，与他刺了这身花绣，肩臂胸膛总有九条龙，满县人口顺，都叫他做九纹龙史进"，外号"花和尚"的鲁智深，并不是我们今天理解的花和尚，而是背上有文身，他自己介绍自己："人见洒家背上有花绣，都叫俺做花和尚鲁智深。"再如病关索杨雄，"生得好表人物，露出蓝靛般一身花绣，两眉入鬓，凤眼朝天"。在一众好汉中，文身最精彩的则是浪子燕青，书中说他"自小父母双亡，卢员外家中养的他大。为见他一身雪练也似白肉，卢俊义叫一个高手匠人与他刺了这一身遍体花绣，却似玉亭柱上铺着软翠。若赛锦体，由你是谁，都输与他"。燕青在汴梁见到名妓李师师，"李师师笑道：'闻知哥哥好身文绣，愿求一观如何？'燕青笑道：'小人贱体虽有些花绣，怎敢在娘子跟前揎衣裸体？'李师师说道：'锦体社家子弟，那里去问揎衣裸体。'三回五次，定要讨看，燕青只的脱膊下来。李师师看了，十分大喜，把尖尖玉手，便摸他身上，燕青慌忙穿了衣裳。"在对话中，李师师特别提到了锦体社这个团体。

锦体社的少年们在市民活动中发挥作用。例如酒库每年两次酿造新酒，一次是清明节前，叫开煮，一次是中秋节前，叫卖新，是迎接新年之意。每到这两个日子，各酒库报呈点检所批准，择日呈献样酒。时间确定后，各酒库提前发布告示，找来官妓和私妓，要求她们穿着打扮新奇绮丽，还要雇来各曲艺社团和鼓乐，组成游行迎引的队伍。在这个队伍中，就有手举花篮和精巧的箱笼的锦体社浪子。再如在二月八日祠山真君生日，在西湖举行龙舟比赛，有锦体浪子在船上手持鲜色旗伞、花篮、闹竿、鼓吹之类，为民众表演。再如著名钱塘弄潮儿，往往都是文身少年，"吴儿善泅者数百，皆披发文身，手持十幅大彩旗，争先鼓勇，溯迎而上，出没于鲸波万仞中，腾身百变，而旗尾略不沾湿，以此夸能"。

青楼里有哪些风流往事

青楼的本义是豪华精致的楼房。三国时期曹植《美女篇》中说"青楼临大路，高门结重关"。到了唐代，青楼才用来指称妓院，李白的"对舞青楼妓，双鬟白玉童"，杜牧的"十年一觉扬州梦，赢得青楼薄幸名"，都是相关的名句。有学者统计，《全宋词》中，"青"字出现3009次，其中频次最高的词分别是"青山""青春""丹青""青楼"，"青楼"一共出现111次。北宋初年陶谷在《清异录·蜂窠巷陌》中记述说："今京师鬻色户将及万计。"而《东京梦华录》中提到的娼妓楼馆有二十余处。青楼歌女是宋代城市生活中的独特景象。

一　遍布城市的青楼

宋代青楼也称为行院，上等行院往往是高雅宅邸，并不喧闹。当时的妓女分为官妓和私妓以及家妓。官妓包括教坊、地方官署的女妓、营妓等，在中国历史上，很多官妓曾是罪犯、战俘及盗贼的妻女，不过宋代也邀请民间出色的歌妓进入教坊。尤其是南宋初年废除教坊编制，很多如大朝会等大型活动中的音乐表演，都邀请民间歌妓参加。无论官、私，大都以音乐表演为主，并且积极参与市民集体生活，例如在民间祭祀、节日庆典之类的活动中，都有乐妓广泛参加，当时也有少量提供色情服务的妓女。

宋代娼妓行业非常繁荣，宋徽宗时期的北宋首都汴梁，遇仙酒店以西的

南宋·佚名《荷塘按乐图》

图中殿前临水的月台上，有侍女乐妓十余人按笛吹奏

街道全是妓院，人们称之为"院街"，朱雀门外往东的大街，也都是妓馆，附近的杀猪巷，也是妓院一条街，而南斜街和北斜街上都开有妓院。当时市井语言中将卖淫称之为"卖皮鹌鹑"，甚至有一条街叫"鹑儿市"。歌妓最集中的地方是平康里，"平康里，乃诸妓所居之地也。自城北门而入，东回三曲。妓中最胜者，多在南曲"。南宋首都临安，"平康诸坊，如上下抱剑营、漆器墙、沙皮巷、清河坊、融和坊、新街、太平坊、巾子巷、狮子巷、后市街、荐桥，皆群花所聚之地"，被称为"色海"。街道两旁妓院的招牌，称为"烟月牌"，《水浒传》中东京名妓李师师的院门口，"外悬青布幕，里挂斑竹帘，两边尽是碧纱窗，外挂两面牌，牌上各有五个字，写道：'歌舞神仙女，风流花月魁。'"

当时的上等妓院，内外装潢往往雅致不俗，"堂宇宽静，各有三四厅事，前后多植花卉，或有怪石盆池，左经右史，小室垂帘，茵榻帷幌之类"，往往只有一位名妓，称之为"行首"。这种名妓多能文词，善谈吐，也能平衡人物，应对有度。《水浒传》中描述李师师家一进门，"挂着一碗鸳鸯灯，下面犀皮香桌儿上，放着一个博山古铜香炉，炉内细细喷出香来。两壁上挂着四幅名人山水画，下设四把犀皮一字交椅"，转过天井，又是"一个大客位，铺着三座香楠木雕花玲珑小床，铺着落花流水紫锦褥，悬挂一架玉棚好灯，摆着异样古董"。《水浒传》中的这段描述或许不能完全反映宋代青楼情形，在宋代话本《宣和遗事》中，写宋徽宗私下到李师师家，他看到的情景是"见一座宅，粉墙鸳瓦，朱户兽环；飞檐映绿郁郁的高槐，绣户对青森森的瘦竹"，宋徽宗误以为这是富贵人家的宅邸。而进入行院内部，则是"转曲曲回廊，深深院宇；红袖调筝于屋侧，青衣演舞于中庭。竹院、松亭、药栏、花槛，俄至一厅，铺陈甚雅：红床设花裀绣褥，四壁挂山水翎毛。打起绿油吊窗，看修竹湖山之景"。也有名妓行院装饰用度非常奢华的，南宋杭州出名的妓女赛观音、孟家蝉、吴怜儿等，都是色艺冠一时，家甚华侈。《武林旧事》中记载南宋末年名妓唐安安："最号富盛，凡酒器、沙锣、冰盆、火箱、妆合之类，悉以金银为之。帐幔茵褥，多用锦绮。器玩珍奇，它物称是。"其家中常见家具用品，都是金银器，日常陈设也都是奇珍异宝。唐安安曾被宋理宗亲自点赞，有一年元宵节，"上呼妓入禁中，有唐安安者歌色绝伦，帝爱兴之"。

二 写出名篇的名妓

宋代名妓多能文词，清代著名词人叶申芗《本事词·自序》中说："且有红楼少妇，紫曲名娃，才擅涛笺，慧工浪语。改山抹微云之韵，灵出犀心；吟花啼红雨之篇，巧偷莺舌。折来官柳，真蜀艳之可人；插满山花，羡严卿之侠气。"这一段中分别列举了四位宋代有文学造诣的名妓。

"改山抹微云之韵，灵出犀心"说的是北宋钱塘名妓琴操。她昔年听到有杭州通判在吟唱秦观的名作《满庭芳·山抹微云》时，吟唱错了一个韵，把"画角声断谯门"误成"画角声断斜阳"，"门"字和"阳"字是两个截然不同的韵，吟唱错了这个韵，整首词的韵脚就都乱掉了，于是琴操出言指出是"谯门"不是"斜阳"，这位通判大约想刁难她，就让她将错就错，用阳字韵重新改写原词，不料琴操出口成章，马上改写了一首不输原作的词作出来，"山抹微云，天连衰草，画角声断斜阳。暂停征辔，聊共引离觞。 多少蓬莱旧侣，频回首、烟霭茫茫。孤村里，寒鸦万点，流水绕低墙。魂伤。当此际，轻分罗带，暗解香囊。谩赢得青楼，薄倖名狂。此去何时见也，襟袖上、空有余香。伤心处，长城望断，灯火已昏黄"，并因此一举成名，得到苏轼赏识。

在民间传说中，琴操是苏东坡的红颜知己，他们一起泛舟西湖时，苏轼跟她说："我作长老，尔试参禅。"随即问曰："何谓湖中景？"琴操答道："落霞与孤鹜齐飞，秋水共长天一色。""何谓景中人？""裙拖六幅潇湘水，髻挽巫山一段云。""何谓人中意？""随他杨学士，鳖杀鲍参军。""如此意究竟如何？"琴操不及作答，苏轼拍案而起，脱口道："门前冷落鞍马稀，老大嫁作商人妇。"琴操因此醒悟，寻求落籍后出家为尼，并说："谢学士，醒黄粱，门前冷落稀车马，世事升沉梦一场，说什么莺歌凤舞，说什么翠羽明珰，到后来两鬓尽苍苍，只剩得风流孽债，空使我两泪汪汪，我也不愿苦从良，我也不愿乐从良，从此念佛往西方。"据说明代曾在临安玲珑山发现了苏轼所书的琴操墓碑，民国年间文学家郁达夫来此寻访时，此地只剩下"一坡荒土，一块粗碑"，郁达夫感慨赋诗："山既玲珑水亦清，东坡曾此访云英。如何八卷临安志，不记琴操一段情。"该墓地在新中国成立后重修过。明代以后，生成了不少关于苏轼、佛印和琴操的传奇故事，大都并非历史事实。在《全宋词》中，收入有琴操词作两首。

"吟花啼红雨之篇，巧偷莺舌"说的是成都乐妓陈凤仪，她曾写有《一络索》词云："蜀江春色浓如雾，拥双旌归去。海棠也似别君难，一点点，啼红雨。　此去马蹄何处？沙堤新路。禁林赐宴赏花时，还忆著、西楼否？"这首词传唱一时，是一首赠别词。古人认为是赠给后来官至副宰相的张方平的，也有人说是赠成都守蒋龙图的。《全宋词》中收入此词。

"折来官柳，真蜀艳之可人"说的也是一位蜀地名妓，她的名字未能流传下来，后代诗词选集，往往称之为"蜀妓"，她曾写过一首离别之词："欲寄意、浑无所有。折尽市桥官柳。看君著上征衫，又相将、放船楚江口。　后会不知何日又。是男儿，休要镇长相守。苟富贵、无相忘，若相忘，有如此酒。"后人根据她词中"折尽市桥官柳"一句，将这个词牌命名为《市桥柳》。这个故事流传已久，《全宋词》将此词作者定为"蜀中妓"，但事实上这首词是南宋著名词人王质的作品。

"插满山花，羡严卿之侠气"说的是南宋名妓严蕊，《全宋词》中收入她的三首词作，其中《卜算子》是文学史上很有影响力的作品。她善琴弈、歌舞、丝竹、书画，色艺冠一时，她曾与官员唐仲友心心相惜，往来频繁，据说朱熹认为唐仲友生性风流，肯定与严蕊有私情，便将严蕊收入监狱加以拷打，要她承认与唐有染。严蕊虽然身体柔弱，但在监狱一个多月，备受刑罚，依然坚持称和唐"弹唱吟诗侑酒有之，别无他事"。后来朱熹调离，新任岳霖怜悯她的冤屈，让她赋词自白，严蕊便口占了这首《卜算子》："不是爱风尘，似被前缘误。花落花开自有时，总赖东君主。　去也终须去，住也如何住！若得山花插满头，莫问奴归处。"

除了上述四人，宋代还有不少传唱一时的歌妓文学作品。成都官妓尹温仪本是良家女，失身乐籍后，曾在酒席上演唱自己所写的《玉楼春》词："浣花溪上风光主。宴席桃源开幕府。商嵩本是作霖人，也使闲花沾雨露。　父兄世业传儒素，何事失身非类侣。若蒙化笔一吹嘘，免使飘零飞绣户。"主管官员听到后大为感动，当下替她脱籍从良。此外如苏州官妓苏琼、长安歌妓聂胜琼等，都曾有精彩词作，聂胜琼赠给李之问的词《鹧鸪天》"玉惨花愁出凤城，莲花楼下柳青青。尊前一唱阳关后，别个人人第五程。　寻好梦，梦难成。况谁知我此时情。枕前泪共帘前雨，隔个窗儿滴到明"感情真挚，古人评价："风致如许，真所谓我见犹怜者也。"

《全宋词》中共收录了18位女性乐人的23首诗作。事实上，几乎所有的宋词，当时都是可以由歌妓演唱的。著名的词人柳永，长期流连坊曲，为歌伶乐伎写词。俞文豹《吹剑续录》中说："苏东坡在玉堂之时，有幕士善歌，于是问他：'我的词和柳永相比如何？'幕士回答说：'柳郎中词，只合十七八女郎，执红牙板，歌'杨柳岸晓风残月'。学士词，须关西大汉，执铜琵琶，铁绰板，唱'大江东去'。'"虽然婉约词更受到歌妓的欢迎，但十七八岁的女郎，也可以演唱豪放词。

三　乐妓卖唱也卖酒

在唐代就有一种籍属教坊却不以从事歌舞表演为主业，而是供奉于酒席之间的"饮妓"，在宋代，无论是在官方酒库、酒店，还是民间大小酒店、勾栏瓦肆、妓馆，乐妓都非常活跃，是当时市井生活中的独特景象，她们主要的任务也是通过表演和美色帮助卖酒。

宋代的女倡卖酒可以分为三种类型：一是"坐肆作乐"，由官方组织，妓女在固定的场所进行表演，最典型的例子是官酒库的"设法卖酒"。宋仁宗以后，官方酒库卖酒，往往请乐妓表演，"朝廷设法卖酒，所在吏官，遂张乐集妓女以来小民……官卖酒，旧尝至是时亦必以妓乐随处张设，颇得民利"，南宋时期每座官酒库往往有乐妓数十人，"设法卖酒，笙歌之声，彻乎昼夜"。这种官酒库请乐妓卖酒的形式，称之为"设法卖酒"，乐妓中有官妓，也有来自民间的妓女。她们往往"委有娉婷秀媚，桃脸樱唇，玉指纤纤，秋波滴溜，歌喉宛转，道得字真韵正，令人侧耳听之不厌"，在《梦粱录》中，曾列举了参与设法卖酒的知名妓女，有金赛兰、范都宜、唐安安等三十多人。在民间大型酒楼中，也有不少陪酒乐妓，有的大型酒店多达数十人，彻夜乐舞，"歌管欢笑之声，每夕达旦"。北宋著名的酒店"任店"，每当夜色降临，这里灯火辉煌，酒楼上下的灯烛交相辉映，一大群浓妆艳抹的妓女，聚集在主廊的各个窗户前，等待客人招呼，远望像是一群仙女。一些茶坊也群芳争艳，南宋杭州的清乐茶坊、八仙茶坊、珠子茶坊、潘家茶坊、连三茶坊、连二茶坊等处，歌妓"各有等差，莫不靓妆迎门，争妍卖笑，朝歌暮弦，摇荡心目"。二是"沿街游艺"。宋代官酒库一般是在寒食节前后开沽煮酒，中秋节前后开沽新酒。以南宋杭州为例，临安府点检所（全称是行在检点赡军激赏酒库所）管理城内外各个负责酿酒的酒库，酒库每年两次酿造新酒：一次是清明节前，叫开煮；一次是中秋节前，叫卖新，是迎接新年之意。每到这两个日子，各酒库报呈点检所批准，择日呈献样酒。时间确定后，各酒库提前发布告示，找来官妓和私妓，要求她们穿着打扮新奇绮丽，还要雇来各曲艺社团和鼓乐，组成游行迎引的队伍。盛装的乐妓分为三等，以器乐、杂戏、散乐等音乐演艺，为刚上市的官酿新酒大造声势。市民纷纷围观，热闹非凡，被当时人称之为"万人海"。三是"打座而歌"。在宋代酒楼，也有一些下等的妓女，不请自来，主动跑来客人桌前唱曲，一般客人会临时送点小钱或者小东西给她们，她们才会离开，这类妓女叫作"劄客"，也叫"打酒坐""赶座子唱""擦坐""卖唱"。《夷坚志》中有个叫陈东的人在酒楼消费的故事，开端就是他"靖康间尝饮于京师酒楼，有倡打坐而歌者，东不顾。乃去倚栏独立，歌《望江南》词，音调清越，东不觉倾听。视其衣服皆故弊，时以手揭衣爬搔，肌肤绰约如雪。乃复呼使前，再歌之……歌罢，得数钱下楼"。打酒坐的妓女都地位很低，这个故事中的歌女，音乐造诣很高，但衣服打扮非常寒酸，并不引人瞩目，所以最初陈东对她熟视无睹，直到她一展歌喉，才吸引了陈东的注意。《水浒传》中鲁智深拳打镇关西，起因就是为两个"绰酒座儿唱的父子（父女）两人"，其中女儿金翠莲被镇关西欺辱，先是强娶为妾，又被大妻赶出，还勒索三千贯典身钱，父女二人只能流落到酒店打酒坐。宋江等四人在江州琵琶亭酒楼吃酒，卖唱女宋玉莲主动上前献唱："只见一个女娘，年方二八，穿一身纱衣，来到跟前，深深地道了四个万福……顿开喉音便唱。"这也是属于典型的打酒坐。

四　君子不宜的色情场所

乐妓理论上只提供音乐表演服务，但哪怕是官酒库的歌妓，也有所谓"点花牌"，文献记载当时"若欲赏妓，往官库中点花牌，其酒家人亦多隐庇推托，须是亲识其妓，及以利委之可也"。这是只向熟人提供的服务，大部分客人是士人学子。宋代一些基层官员，狎妓成风，《名公书判清明集》中收有一篇南宋官员写给下属的文书中说："弋阳县官，其不狎妓者，想独知县一人耳。"他发现整个弋阳县官员中，不狎玩妓女的，只有知县（也就是他自己）一人了。

宋代提供色情服务的场所，除了青楼妓馆，常见的还有"庵酒店"和"花茶坊"。宋代酒店装饰，往往有红杈子、绯绿帘、贴金红纱栀子灯，传说五代后周太祖郭威游幸汴京著名酒店潘楼，当时潘楼便有这些装饰，后来酒店便相袭成风。"庵酒店"是一种可以提供色情服务的酒店，"谓有娼妓在内，可以就欢，而于酒阁内暗藏卧床也"，这种酒店有自己的独特标志，"门首红栀子灯上，不以晴雨，必用箬盖之，以为记认"，当时所有的酒店门口都挂红栀子灯，但庵酒店门口的红栀子灯，无论晴天还是雨天，上面都罩着竹编的灯罩，暗示了酒店的性质。而"花茶坊"则是楼下卖茶，楼上则提供色情服务，例如南宋临安俞七郎茶坊、朱骷髅茶坊、郭四郎茶坊之类，被当时人认为"多有炒闹，非君子驻足之地也"。

宋代有猫狗宠物店吗

有宋一代，家中养猫成了盛极一时的流行风尚。一个宋朝人如果决定养猫，他往往会先选个良辰吉日，带上"彩礼"，登门"聘"猫。在古代礼制中，《礼记·内则》中说"聘则为妻"，《大戴礼记·盛德》中说"婚礼享聘者，所以别男女、明夫妇之义也"，将养猫称之为"聘"，足以看出宋人已经把迎猫进门的仪式感，提升到了能与家庭成员并论的高度。

一　宋代猫市可以给猫美容

《东京梦华录》中提到北宋汴梁的集市中有专卖宠物粮食的商业门类，"养犬则供饧糟，养猫则供猫食并小鱼"。《梦粱录》也在其"诸色杂货"条目里提到了南宋临安商业中"养猫，则供鱼鳅"。在一些富户家中，猫不仅吃小鱼，还能吃到极为高端的鹿肉。《夷坚志·高氏饥虫》就记载一位宋朝从八品官员的母亲以鹿肉喂猫的故事："从政郎陈仆，建阳（今福建南平）人。母高氏，年六十余……畜一猫，甚大，极爱之，常置于旁，猫娇呼，则取鱼肉和饭以饲。建炎三年夏夜，露坐纳凉，猫适叫，命取鹿脯，自嚼而唼猫，至于再。"事实上，不同地区的猫食很是不同，苏辙的曾孙苏谔（字伯昌）在出任长安（今西安）司刑曹的时候，令人买猫食，不想下人买来的却是猪衬肠。想来他们此前都是以这种食物来喂猫的。苏伯昌对此不能理解和接受，只好一

南宋·毛益（传）《蜀葵游猫图》
图中有长毛品种的大猫和四只小猫，空中另有两只白粉蝶。古人经常将猫蝶同图，取谐音"耄耋"，有长寿吉祥的寓意

笑置之，"留以充庖"，次日再上街给猫儿寻找更合适的食物，最后找到了羊肉，因为"盖西北品味，止以羊为贵"。

除了猫粮之外，宋代还史无前例地出现了多种宠物服务。成书于南宋末期的《武林旧事》在"小经纪"条中记载，当时临安城内除了有猫鱼、猫窝之外，还有"卖猫儿、改猫犬"。这里的"卖猫儿"就是如今宠物行业中的猫活体交易；而"改猫犬"则指的是猫犬的美容服务，提升猫的颜值，成为当时人们饲养猫咪的新追求。

当时已经有了丧失捕鼠能力的宠物猫，最有代表性的是一种"狮猫"，"有长毛白黄色者称曰狮猫，不能捕鼠，以为美观，多府第贵官诸司人畜之，特见贵爱"。狮猫得名，主要是因为尾巴毛发略似狮子，《咸淳临安志》中记载:"都人畜猫,长尾白色者,名狮猫。盖不捕之猫,徒以美观。特见贵爱。"因出产于临清州,所以也叫"临清狮子猫"。它们一般通体白色、毛发浓密,观赏属性强,打理难度高。当时临安城里的贵族以畜养观赏型的狮猫为门庭显赫的象征,狮猫不捕鼠也是时人的共识。以至于到了清代,一些文人在聘猫的时候,还要赶着啰唆一句"恐换临安不捕狮"。南宋临安最著名的狮猫,要数秦桧孙女童夫人养的那只。出名是因为有一天这只狮子猫走丢了,秦桧就给临安府施压,着令其满城搜索。临安府出动了大量人力,几乎把城内所有养狮猫的家庭都翻了个遍,又在城内到处张贴寻猫启事,却依然无所获。最后,临安府尹只好用纯金打造了一只猫,贿赂秦宅,这才宁息了这桩荒唐事。

二 宋人养猫十足的仪式感

如同嫁娶、迁屋、动土这类大事一样,宋人聘猫必得择一良辰吉日才能开始行动。据元代《居家必用事类全集》记载:"取猫吉日,天德月德日,切忌飞廉日。"飞廉是中国古代的年支十四星之一,也写作"蜚廉"。在道教中,飞廉星也叫大煞,其所理之方,不可兴工动土,移徙嫁娶。"聘猫"一事在宋人眼中绝非儿戏。

宋人重商,买卖牲畜均需立约。既已择定吉日,接下来就要写一张纳猫契约了。纳猫契上需要写明纳猫的良辰吉日、猫的样貌外形,乃至对猫的要求,诸如"无息鼠辈从兹捕,不害投牲并六畜,不得偷盗食诸般,日夜在家看守物,莫走东畔与西边";如果猫儿因故逃离,则要"堂前引过受笞鞭",并请东王公与西王母共同做个见证。与其说这是一张买卖双方的契约合同,不如说是一张立给猫儿的"婚前契约",契约上的每一句话都仿佛在讲给猫听,将猫儿当作未来家中一个得力的"贤内助"来叮咛嘱咐。

良辰已具、契约已立，然后就可以准备聘礼，去迎猫入门了。宋人纳猫的聘礼多展现于文人诗词。譬如南宋诗人陈郁聘猫，是以一串小鱼为聘礼的，他在《得狸奴》一诗中说自己"穿鱼新聘一衔蝉"，"穿鱼"就是用柳条这样的细长之物将鱼穿在一起，作为迎猫入门的聘礼。"衔蝉"也叫"衔蝉奴"，是古人对猫的雅称。"衔蝉"一词起先是指特定花色的猫，这种猫通体白色，口边有黑色色块，如同嘴里衔了一只知了，故而称之为"衔蝉"。从史料上看，最先给自己的猫取名为"衔蝉奴"的，是后唐琼花公主。据王志坚《表异录》卷九："后唐琼花公主有二猫，一白而口衔花朵，一乌而白尾，主呼为衔蝉奴、昆仑妲己。"后来，"衔蝉"或者"衔蝉奴"就成了猫的别称。

在陆游的圈子里，则聘猫以盐。放翁本人的《赠猫》诗里就有"裹盐迎得小狸奴，尽护山房万卷书""盐裹聘狸奴，常看戏座隅"等句。而他的老师曾几则更是大方。曾几的《乞猫》诗里有"江茗吴盐雪不如"句，直言自己用来聘猫的盐，是洁白如雪的上等吴盐。当然除了盐之外，他还为主人带去了茶叶。

三 宋代猫咪玩什么

宋代的市集上，已经可以买到专门的猫食猫窝了。在解决了宠物的温饱问题之后，热爱生活的宋代人紧接着就开始想方设法来讨自家猫儿的欢心。今天养猫家庭必备的猫玩具——逗猫棒和猫薄荷，在宋代就已经流行开来。

据传是北宋画家苏汉臣的《冬日婴戏图》，描绘了两个总角之年的孩子与一只长毛狮子猫逗趣玩耍的情景。图中白衣小儿手中所持的那根带孔雀羽毛的彩色小旌旗，用今人的眼光来看，绝对可以算是一根豪华版的逗猫棒。

北宋·苏汉臣（传）《冬日婴戏图》

图中儿童手持接有羽毛的玩具令旗，堪称中国最早的"逗猫棒"

类似的玩具，在宋代龙衮创作的纪传体史书《江南野史》中也有一根。书中记载，"夜宴爱好者"韩熙载曾让一名官妓用"红丝标杖"的逗猫棒，故意做出引弄花猫的娇媚姿态，假意捉弄北宋来使的故事。不过，这条"红丝标杖"的逗猫棒并非宋人首创，早在唐人周昉的《簪花仕女图》中，它就已经出现过了。《仕女图》最右侧女子手中所执之物就是"红丝标杖"，只不过在这幅画中被逗弄的对象并不是猫，而是一条宠物狗。

至于让猫产生兴奋感的猫薄荷，宋人也早就用上了。宋代的陆农师在他所著的《埤雅》中曾援引过民间俗语"薄荷醉猫，死猫引竹""鸠食桑葚则醉，猫食薄荷则醉，虎食狗则醉"等。欧阳修在《归田录》中也说："薄荷醉猫，死猫引竹，皆世俗常知。"在宋代，薄荷之于猫有奇特的功效，已是妇孺皆知的常识。

在宋人的诗歌绘画中，猫和薄荷也常常连着出现。如陆游的《题画薄荷扇》写道："薄荷花开蝶翅翻，风枝露叶弄秋妍。自怜不及狸奴黠，烂醉篱边不用钱。"他在《赠猫》中也说自己常看猫儿"时时醉薄荷，夜夜占氍毹"，意思是猫儿一直醉卧在薄荷的香气之中，并每晚都躺倒并霸占自己的地毯。诗中情形与今人逗猫的姿态别无二致。叶绍翁在他的《题猫图》中也说："醉薄荷，扑蝉蛾。主人家，奈鼠何。"意思是，这只猫或醉倒薄荷丛，或去扑蝉弄飞蛾，都不管主人家的鼠患。

除了薄荷之外，宋人还会用一种叫作"醉猫三饼"的食物逗猫。北宋初年陶舍在《清异录》中说，醉猫三饼是"以莳萝、薄荷捣饭为饼"。"莳萝"俗称土茴香，是一种浓香的调味品。

四　宋代文人最爱猫

宋人的爱猫之情，在同时代文人墨客的作品中表现得尤为强烈，连黄庭坚、陆游这样的文豪大家，也都纷纷拜倒在狸奴的萌爪之下。山谷道人黄庭坚也曾"买鱼穿柳聘衔蝉"。这只"衔蝉"也不是黄庭坚养的第一只猫了，他在《乞猫》诗里写道："秋来鼠辈欺猫死，窥瓮翻盆搅夜眠。"家中老猫过世后，老鼠们又开始活跃了起来。这一日，黄山谷正好听说朋友家的母猫生了崽，"闻道狸奴将数子"，便想向友人"乞猫"。他用柳条穿了一串小鱼，兴冲冲地就去了。后来，黄山谷买鱼穿柳聘来的这只猫儿也确实立下了煊赫的战功。在《谢周文之送猫儿》一诗中，他狠狠地夸奖了一番这只小狸奴的丰功伟绩，诗云："养得狸奴立战功，将军细柳有家风。一箪未厌鱼餐薄，四壁当令鼠穴空。"

如果说黄庭坚只是一名初级猫奴，"乞猫"的目的主要是为了克制宅中的鼠患，那陆游则堪称宋代文人猫奴中的王者。虽然陆游养猫的初衷也和绝大多数同时代的文人一样，是为了"尽护山房万卷书"，但过不多久，狸奴就成功俘获了这位大老爷们的心，成了他乡间生活孤苦难耐时的精神慰藉。

在"裹盐迎得小狸奴"以后，猫儿在陆游家里可算是兢兢业业地履行着自己的天职，一天都没有闲着。以至于彼时家徒四壁，既没钱买鱼也没钱置办一张好毛毯的陆游，反而对小狸奴尽忠职守的表现深感惭愧，他在《赠猫》诗中写道："惭愧家贫策勋薄，寒无毡坐食无鱼。"在《鼠屡败吾书偶得狸奴捕杀无虚日群鼠几空为赋此诗》中他也说："鱼飧虽薄真无愧，不向花间捕蝶忙。"这位文豪还会因为家贫而心虚。在《赠粉鼻》一诗中，他怯怯地询问小狸奴："问渠何似朱门里，日饱鱼飧睡锦茵？"粉鼻是陆游给猫儿取的名字。

他那时大概觉得，要不是自己讨了它来，眼前的这只小粉鼻此时应该睡在大户人家华丽的锦茵之上，饱食终日、无所事事，而不会跟着自己过人类眼中的"苦日子"。

不过，好在狸奴并不嫌弃放翁的窘境。在"僵卧孤村"的那些日子里，猫儿与他共守禅房，互为陪伴。陆游在《十一月四日风雨大作二首》中，留下了"夜阑卧听风吹雨，铁马冰河入梦来"的绝世名句，但多数人却不知道，放翁在这组诗里，还有另一个绝妙好句，备受当代铲屎官的青睐，那就是"溪柴火软蛮毡暖，我与狸奴不出门"。此外，陆游和猫"昼眠共藉床敷暖，夜坐同闻漏鼓长"的景象，与今天很多人工作学习到再晚，自己的猫也一定陪伴在侧的情形别无二致。

既然猫是陪伴自己的家人，那么"家人"犯了懒，数日来并未执行捕鼠的责任，也就成了可以原谅的事情了。他在《赠猫三首》也抱怨过"执鼠无功元不劾，一箪鱼饭以时来"。"不劾"就是不追究、不揭发，意思是小狸奴开始变得不爱抓老鼠，但自己并不追究。不仅不追究，陆游还会按时为小猫送上鱼饭，毕竟小狸奴可以安静地陪在自己身边，聊作宽慰。但猫儿可不会永远顺着人类的意思，它可以在身边一躺一整天，"看君终日常安卧"，也可以来来回回走来走去，或向花间扑蝶，或上房梁巡视，又或对着空气施以诡异的注目礼。对猫儿时常调皮不听话的表现，放翁也只好叹一句"何事纷纷夫又回"，抒发充满爱意的牢骚。

如果说陆游对猫的感情还有些许复杂，会发出"执鼠无功"的牢骚，也会因家贫感到惭愧，那么梅妻鹤子的隐士林逋对猫儿的态度，就属于爱得纯粹。他在《猫儿》一诗中说："纤钩时得小溪鱼，饱卧花阴兴有余。自是鼠嫌贫不到，莫惭尸素在吾庐。"得益于家中没什么鼠患，林逋觉得猫儿就算不那么尽忠职守、过得尸位素餐一些也没什么问题。

宋代文人猫奴中，也不乏"猫前猫后"两副面孔的存在，比如南宋末诗人刘克庄。刘克庄曾连写两首《责猫》《诘猫》，来抒发自己对家中衔蝉猫在其位却不谋其职的不满。他在《诘猫》中说："古人养客乏车鱼，今汝何功客不如。饭有溪鳞眠有毯，忍教鼠啮案头书。"意思是古人养门客，都不一定顿顿吃鱼，而我家的猫不仅能吃到溪鱼，睡觉也有毛毯，它却丝毫不管家中老鼠纵横。《责猫》中更是威胁说年关将近，家里也不富裕，需要淘汰一些冗余之物，"岁暮贫家宜汰冗"，这件需要"汰冗"的"东西"，就是"首斑虚有含蝉相，尸素全无执鼠功"的衔蝉猫了。不过，刘克庄《责猫》和《诘猫》更多是在借自家猫的行径讽喻尸位素餐的南宋掌权者。

在猫前，刘克庄虽然怨词颇多，但真到了猫走丢的时候，他反而对这只"饲养年深性已驯"的老衔蝉深感惋惜。虽然家里仍是"鼠行几案若无人"，面对猫儿离家出走，刘克庄发出了"篱间薄荷堪谋醉，何必区区慕细鳞"的追问。园中的薄荷大约是特地为猫而种，猫儿却为何一定要为了顿顿吃鱼而离开我这贫寒之家呢？

至此，猫儿作为陪伴型宠物的精神价值和猫儿捕鼠的实用价值已经在宋人身上呈现出平分秋色的倾向。"纳猫如纳妾"也有了与之相配的下一句顺口溜，"养猫如养儿"。

诗人胡仲弓在《睡猫》一则中，一面责备家中狸奴不管鼠患，"瓶中斗粟鼠窃尽，床上狸奴睡不知"，无奈家人却对猫儿宠爱有加，"买鱼和饭养如儿"，虽然这个"儿子"不太听话，家人也养得无怨无悔。释家子弟释云岫也有个猫儿子叫作"花奴"，陪伴了他三年时光。在花奴过世后，释云岫不仅为猫儿择地而葬，一应后事都如家人新丧，甚至还想着为花奴立碑，尽数花奴一生平鼠患、护家宅的卓越功勋。在《悼猫儿》一诗中，他说："亡却花奴似子同，三年伴我寂寥中。有棺葬在青山脚，犹欠镌碑树汝功。"

此外，还有像北宋徽宗时期的宰相张商英这样"高眠永日长相对，更约冬裘共足温"与猫儿抵足供裘而眠的；也有像南宋状元姚勉这样"斑虎皮毛洁且新，绣祸娇睡似亲人"，看猫儿娇睡喜不自胜的；更有像工于花鸟的南宋画家张良臣"江海归来声绕膝，定知分诉食无鱼"这样，看猫如幼子般绕膝叫唤，便知道是来索食的。

南宋·佚名《狸奴图》

图中花狸猫轻盈跨步，回首睁目，神态生动

宋代大街上的出家人为啥这么多

　　与我们想象之中不同，宋代的宗教极具市井气和生活气息。《清明上河图》中，大街上有好几位僧人出没，事实上，在宋代城市生活，遇到僧人是大概率事件，在大一点的城市，甚至每天都会遇到僧人。两宋时期，每天早上四更以后，居民早上尚未起床，就会有寺院僧人、行者、头陀打着铁板或木鱼，沿着街巷挨家挨户报告天气，这就是所谓的"五更报晓"。《水浒传》第四十五回中提到一个僧人胡头陀，"每日只是起五更来敲木鱼报晓，劝人念佛，天明时，收略斋饭。"

　　如果天气晴朗，头陀会说"天色晴明"，或者说"大参"，或者说"四参"，或者说"常朝"，或者"后殿坐"；如果天阴，则说"天色阴晦"；如果下雨，则直接说"雨"。百姓人家因为种种事由（如先祖生辰忌日之类）需要邀请僧人道士来家中举行宗教仪式祈福，也未必要去寺庙道观，可以一早来到市中心和附近的街巷口，往往就可以看到在这里等待"召唤"的僧人道士。和尚道士，都三五成群，环立集聚，等候雇用，堪称一道独特的风景，人们把这个叫作"罗斋"。当时的普通僧人往往并不认为修行便是清规戒律，甚至往往参与商业经营，庄绰《鸡肋编》记载："市井坐估，多僧人为之，率皆致富，又例有家室。"百姓人家往往并不以为异。

　　在一些传统节日，僧人也往往出现在百姓日常生活之中。例如元宵节，观灯最好的去处就是佛教寺庙，《东京梦华录》中说宋徽宗时期的元宵节，大相国寺的大殿前也设有乐棚，禁军的乐队在这里演奏。寺里两廊都挂着诗牌灯，有的写"天碧银河欲下来，月华如水照楼台"，有的写唐代苏味道的诗"火树银花合，星桥铁锁开"。诗牌是木质的牌子，上面镂空刻字，外面再罩上一层轻纱。诗牌灯是将烛火放置在诗牌内，一排灯整齐排开，让人流连不已。大相国寺资圣阁供奉着佛牙，这里设置了水灯，宰执、外戚以及近侍们的家眷，会提前在这儿占好看席。整个大相国寺里最热闹的地方，要数九子母殿、东西塔院以及惠林、智海、宝梵等地，各色灯烛竞相点燃，光彩耀眼夺目，通宵达旦不停歇。其他的佛寺道观，也都允许百姓彻夜烧香，开宝、景德、大佛寺等寺庙，也都设有乐棚，伴着乐棚里的音乐声，百姓们纷纷点燃香烛。

重阳节京城里的佛寺大都会举行斋会，只有开宝寺和仁王寺会组织狮子会，也就是有舞狮表演的法会，在表演开始前，僧人们会坐在道具狮子上讲经说法。

腊月初八这天，街巷中会有僧尼三五成群，排队念佛，他们捧着一个银制或铜制的沙罗盆，盆里供着一尊铜佛或木佛，僧人手持柳枝，蘸起盆里的香水往佛像身上洒浴，并挨家挨户化缘。京城各家大的佛寺，会在这一天举行浴佛会，并且煮好七宝粥和五味粥分送给信众，叫作"腊八粥"。这天京城里的百姓，也会用果子杂料煮成粥来喝。腊月初八寺院还会把面粉和油分送信众，同时化缘下一年元宵节灯会的灯油钱。

腊月二十四日是交年节，这天夜里，宋代富裕人家会请道士或和尚到家里念经，还会准备好酒水和水果送灶神。

事实上在宋代初期，成为真正的出家人并不容易，最大的难处在于通过考试获得政府所发给的度牒。如果有人要出家，先要到寺庙拜师，称之为

"童行"，寺庙需要将名单上报到祠部，等待参加名为"试经"的考试。试经的日期并不固定，一般为了给帝王祈福，会选择皇帝生日当天举行，试经在各州府分别举行，主要内容就是背诵佛经，考试合格，才能由州府向祠部上报申请度牒。北宋时通过考试申请度牒，只需要交一百钱的工本费。

并非所有人都可以参与试经成为僧人，比如有过犯罪记录的"奸细恶党、亡命之徒"，乃至身上有刺青的"江湖人士"，都不能获得试经资格，从而无从正式出家。试经是出家的主要途径，除了这个路径，还有皇帝及太后特赐出家名额的情况，一般也是在生日时，为了祈福，会赏赐各寺院一定的度牒名额，发给空白度牒，由寺院自行填写。例如佛教名山五台山，就被宋太宗赏赐，每年他的生日时可以有五十个免试的出家名额。

古代僧人免除徭役，寺庙往往免交赋税，因此有很多人希望通过托名出家来躲避徭役赋税。宋代政府严格控制度牒数量，就是为了控制出家人数的增长。在北宋初期，通过度牒的发放，对每一年新增出家人的数量都严加限制，每年新增的僧人数量从不超过两千。

宋代有一个神奇的现象，就是在北宋中期以后，度牒变成了类似纸币一样的可以在市场上流通的价值符号。宋神宗时政府开始售卖度牒，一道度牒售价高达一百三十贯[1]，每年售出一万道，靠着这些纸，政府年收入一百多万贯。宋徽宗时期经常一年卖出三万多道度牒，一道度牒二百贯，年收入多达六百多万贯。度牒的收入之高，竟然和一年的盐税收入相当。和货币一样，超发就会导致贬值，宋徽宗度牒印得太多，人们不愿意接盘，官方价格是二百贯，但到了民间，只值九十贯，政府为了完成销售任务，往往强行

1.一贯钱等于一千文，是宋时的叫法。

摊派。后来为了避免度牒价格持续下跌，宋徽宗不得已宣布连续多年停发度牒。南宋时，一道度牒的官方售价一路上涨，从一百贯一路涨到一千二百贯。当时因为战争等原因，为了筹集资金，大量超发度牒，在民间一道度牒往往只值几十贯。南宋初年政府收入有个奇观，政府年收入不过一千贯，其中卖度牒的收入达到六百多万贯，占到政府所有收入的六成以上，这在整个中国历史上都是极为罕见的。宋宁宗时，一道度牒售价一千二百贯，一年发行量多达几十万，单单发行度牒，年收入就有几亿贯。度牒本身是用黄纸雕版印刷，成本极低，而且没有骑缝章之类的防伪手段，当时有不少造假度牒的，只需要精心伪造一块雕版，再染制黄纸，就可以印制无穷的度牒出来，是一本万利的买卖。整个北宋时期都没有解决度牒造假的问题，直到南宋时期将度牒的用纸从黄纸改为高级的绫纸，并且统一了纹样，上面织有"文思院制敕绫"字样，并且度牒开始留底，根据千字文编号，加盖骑缝章，每发出去一张，主管部门都有记录，可以拿来对比，这样造假才变得艰难。这一道度牒的成本，居然有十贯之高。但因为度牒价格很高，还是有人造假，宋高宗时期将伪造绫纸度牒和伪造皇帝诏书视为同等大罪，但当时经常发布这种禁令诏书，说明造假也不能禁绝，这一时期的造假，往往是官私勾结，造出的假度牒其实就是真度牒，只是政府没有收到度牒钱而已。

度牒本来是为了出家，北宋中期以后，普通人为了出家，往往就去购买度牒，有的富裕人家也经常拿空度牒度僧，作为自己的功德。寺庙出家名额不够，往往也需要花钱买空度牒。寺庙给出家之人取法名后填写在空度牒上，还需要再去政府部门登记报备。《水浒传》里关于鲁智深出家，有这样一段文字："真长老在法座上道：'大众听偈。'念道：'寸草不留，六根清净，与汝剃了，免得争竞。'长老念罢偈言，喝一声：'咄！尽皆剃去！'净发人只一刀，尽皆剃了。首座呈将度牒上法座前，请长老赐法名。长老拿着空头度牒，而说偈曰：'灵光一点，价值千金，佛法广大，赐名智深。'长老赐名已罢，把度牒转将下来，书记僧填写了度牒，付与鲁智深收受。"

但无论如何，政府发行如此多的度牒，自然不会真有这么多人出家。度牒逐渐脱离了它原本的实用意义，成了一种类似货币的符号，宋代政府拨款赈灾，往往并不直接拨钱，而是发百十道度牒。

住行

宋代人如何洗澡

到了宋代，洗澡才成了日常生活中很寻常的事情。人们可以在家洗澡，很多人家中都设置有专门洗澡的空间。市井中公共浴室也开始兴起，洗澡逐渐成为一种普通百姓热爱的享受。先说在家洗澡，宋代以后，普通人家在建造房屋的时候，也开始安置浴室。大部分人洗澡盛水还是用木盆。在敦煌壁画和古画中可以看到澡盆的图像。

当时有的人洗澡成瘾，非常奢靡，《宋史》里提到有个叫蒲宗孟的人，生性奢靡，日常洗澡分成小洗面、大洗面、小濯足、大濯足、小澡浴、大澡浴六个大类，每次洗澡有十多个人伺候，要用掉几百斤的热水。苏东坡是他的朋友，曾经写信劝他节约一点。像蒲宗孟这样狂热地喜爱洗澡的当然是极端个例，和他截然相反的另一个极端是王安石，这个拗相公不要说洗澡，甚至脸都不常洗。宋代人的笔记里有段记载，说王安石命门发黑，乃至满脸都是黧黑色，这让他门下众人很是不安，总觉得王安石得了什么大病，专门请了一位名医来诊疗。大夫上门，望闻问切只进行了第一步，就发现了"病根"，他告诉大家，王相公这脸色确实暗黑，但实在不是什么病，不过是他太久没有洗脸罢了。王安石脸都不怎么洗，澡就更懒得去洗了，有材料说他好几年都不洗一次澡，后来他的同事们实在看不下去，每隔一两个月就拉他去附近寺庙的澡堂去洗洗澡。有趣的是王安石的夫人却有洁癖，她有次看见有只猫躺在自己衣服上睡觉，洁癖发作，找人来洗了又洗。像王安石这样不爱洗澡出名的，当时还有

五代·周文矩（传）《浴婴仕女图》

图绘三名侍女给婴儿洗澡。其中一人正在给婴儿擤鼻涕，画面生动传神

个叫窦元宾的，他不洗澡大概是因为太懒，所以身上总是有股异味。他和另一个喜欢熏香的梅询正好凑成一对反义词，有个成语叫"梅香窦臭"，说的就是他们这个"组合"。

上面这两个例子都比较极端，对于宋代普通人来说，洗澡是自然而然的事情，南宋时期杭州每天洗澡的百姓人家大有人在，普通人的洗澡频率和今天的我们也差不多。

一　洗儿诗与浴婴图

在宋人洗澡的日常生活中，有个仪式值得一提，这就是"浴儿"习俗，这种习俗大约始于唐代，宋代极为盛行，一直延续到民国时期。史料里记载比较早的"浴儿"是唐代宗李豫，他出生后没几天，他的父亲唐肃宗李亨赐了一个金盆给他洗澡。因为这种仪式往往是在孩子出生之后第三天举行，因此也叫"洗三礼"。皇家生子女，往往还要在这天派发"洗儿钱"。苏轼的弟弟苏辙生了孙子，苏轼写的诗中就有"况闻万里孙，已报三日浴"。苏轼四十八岁时，自己的儿子出生，他写了一首极为有名的《洗儿诗》："人皆养子望聪明，我被聪明误一生。惟愿孩儿愚且鲁，无灾无难到公卿。"这说给刚出生的孩子听的话，实际上是对自己生平遭遇的不满、倾诉和反讽。有趣的是后人还写了不少《反洗儿诗》，表达和苏轼截然不同的诗意，比如明代杨廉有一首打油诗说："东坡但愿生儿蠢，只为聪明自占多。愧我生平愚且蠢，生儿何怕过东坡。"晚明林希元的一首诗说："庭竹偶添栖凤枝，忽承坡老洗儿诗。未闻公相皆愚鲁，我滞天涯自数奇。"很可惜的是，苏轼这个儿子没活过一岁就死掉了，没有实现父亲对他"无灾无难"的期望。

古代绘画里有不少浴婴图，如唐代周昉的《戏婴图》、宋代的《浴婴仕女图》之类，反映的就是"浴儿"风俗。

二　香水行：公共澡堂普及的年代

我们再来说说公共澡堂。公共浴室在唐代开始出现，在政府部门、佛教寺院、道教宫观中都有浴堂，但这些浴室更多是内部使用。宋代以后开门营业的公共浴室开始普及，民众洗澡有了好去处。

宋代澡堂有自己的标志，往往是在店门口悬挂一个水壶。但澡堂的招牌为何如此，南宋时人们已经弄不清楚缘由了。"行当"这个词是从宋代开始的，比如古董行之类，公共浴室在当时也叫作"香水行"，南宋《梦粱录》中就说："开浴堂者名香水行。"光顾香水行的不仅仅有普通百姓，也不乏名流，比如苏轼在元丰七年（1084年）去澡堂洗完澡后，大为愉悦，还写了两首诙谐有趣的《如梦令》词，其一云："水垢何曾相受，细看两俱无有。寄语揩背人，尽日劳君挥肘。轻手，轻手，居士本来无垢。"其二云："自净方能净彼，我自汗流呀气。寄语澡浴人，且共肉身游戏。但洗，但洗，俯为人间一切。"

前面我们提到不喜欢洗澡的王安石被同僚拉去寺院澡堂里洗澡。事实上宋代的寺院承担了很多社会公共事务，有点像一个社区服务中心，不仅仅是一个信仰的空间和旅游的场所，对于普通人来说，每个月的集市在寺庙里，很多澡堂在寺庙里，元宵灯会、歌舞表演也都在此，寺庙还承担着旅店的职责，甚至很多人养老、就医乃至墓地都在寺庙，佛教在当时就已经非常生活化和世俗化了。著名的陕西法门寺，新发现的一块宋碑，说当时寺庙的东南角是个浴室院，每天来洗澡的人多达千余，可见其规模。寺院洗浴大概需要适当遵守一点宗教仪式，比如洗澡前读《华严经》中"洗浴身体，当愿众生，身心无垢，内外光洁"之类。

"香水"这个广告词在后代依旧被长期使用，清代南岳道人的小说《蝴蝶媒》（一名《蝴蝶缘》）的第九回，便描写了一段去澡堂洗浴的情景："话说蒋家那院子（院子在这里是指仆役），同着那人转弯抹角走了许多路，将到盘门，那人指着一个浴堂说道：'大叔，这个浴堂今日新开，里面绝精的香水，我做个小东，请大叔洗过浴去。'……那浴堂内果然洁净，每人一个衣柜，衣柜上都编成号数，又有一根二寸长的号筹拴在手巾上面，凡是洗了浴出来的，那掌柜的验筹开柜，再不得差错。当下他二人脱了衣服，拿了毛巾和号筹，同进浴池。那浴池内香水初热，两人洗了半晌。"清代徐扬《姑苏繁华图》中就绘有乾隆时期苏州的澡堂，便叫作"香水浴堂"。直到西方的香水，也就是喷洒于衣襟、手帕及发际等部位的香气馥郁的液体，传入中国并且被称作香水以后，把澡堂称为香水才成为过去时。

三　澡堂子里趣事多，吸引不少外国人

公共浴室有香水的名号，但这种澡堂里很多人在一个大水池里洗浴，水

清·徐扬《姑苏繁华图》（局部）
"香水浴堂"清晰可见

质自然不容易洁净。虽然宋代的材料比较少，不过明代郎瑛《七修类稿》中收入了一篇叫《混堂记》的文章（混堂是澡堂的别称），对澡堂中的味道大加批评，其中一个理由是去公共澡堂洗澡的人，很多浑身污垢，甚或有人身有疾病，大家泡在一个池子里，何其不洁！这篇文章还对当时读书人也热衷去澡堂洗澡表示费解。即使是在今天，技术手段远胜于古代，也不能说公共澡堂没有异味，当年的澡堂有种种不足，也并非情理之外的事情。有趣的是，古代有医生把浴室洗澡水当成一味中药，清代赵学敏《本草纲目拾遗》中就有"饮浴汤水，便可解毒""发痘，杭士元方；痘出八九日黑陷，用混堂水煎药立起"等奇方。这倒让人想起了《水浒传》里开黑店的孙二娘，口头禅就是"由你奸似鬼，吃了老娘的洗脚水"。

《水浒传》里有黑店卖"人肉馒头"，宋代也有黑澡堂谋财害命，洪迈《夷坚志补》"京师浴堂"条，就描写了一个北宋末年一家澡堂勒死外地客人的故事。不过这个客人后来悠悠醒转，使得这家黑店得以曝光。

中国人对澡堂习以为常，往往记录不多，但来华的外国人却会觉得中国澡堂很值得记录。宋代来华的日本僧人成寻，在宋神宗期间在华巡礼九年，最终圆寂在北宋首都东京汴梁。他所撰写的《参天台五台山记》，就记载有多处在浴堂付费洗澡的细节，如宋熙宁六年（1073年）四月七日，"今日行南浴堂，沐浴了，与百文了"。同月十四日，"戌时，行浴堂，沐浴了。实与三十文了"。五月五日，"未时，以轿子行浴堂，沐浴了"。成寻还提到杭州的浴堂"极洁净也"。不过成寻的记载都是只言片语，大概可以看到洗澡的价格在几十文到一百文，细节就付之阙如了。

记载了杭州浴室的还有元代来华的意大利人马可·波罗。他在其著名的游记中是这样说的："街道上有许多澡堂，有男女仆人服侍入浴。这里的男女顾客从很小的时候，就习惯一年四季都洗冷水浴，他们认为这有益健康。不过这些浴室中也有温水，专供那些不用冷水的客人使用。所有的人都按每日沐浴一次，特别是在吃饭之前。"他还写到了当时中国整体的洗澡情况："这个国内不缺少树木，不过因为人们众多，灶也就特别多，而且烧个不停，再加上人们沐浴很多，所以木材总是供不应求。每个人一星期至少要洗三次热水澡，要是冬季，如果力所能及，他们又会一天洗一次。"虽然马可·波罗记载的是元朝的情况，但元朝前后不过百年，大部分日常习俗还维系着南宋以来的风貌，尤其是他所描写的杭州，乃是南宋的实际首都，这些洗澡的情况，也可以看作是宋朝百姓洗澡的日常。

马可·波罗游记的可靠性有时候被怀疑，元末明初朝鲜人学习汉语的教材《朴通事》（当时是朝鲜李朝时期，主要的汉语教材有《朴通事》和《老乞大》两种）中的对话提供的细节可能更为准确。《朴通事》很像今天我们使用的一些英文教材，全书采用对话方式，模拟在不同情景下的对话。其中有段关于澡堂的对话如下：

孙舍混堂里洗澡去来。

我是新来的，庄家，不理会的多少汤钱？

我说与你，汤钱五个钱，挠背两个钱，梳头五个钱，剃头两个钱，修脚五个钱，全做时只使得十九个钱。

我管着汤钱去来。衣裳、帽子、靴子都放在这柜里头，分付这管混堂的看着。

到里间汤池里洗了一会儿，第二间里睡一觉，又入去洗一洗，却出客位里歇一会儿，梳刮头，修了脚，凉定了身己时，却穿衣服吃几盏闭风酒，精神更别有。你休怪，到家慢慢的与你洗尘。

　　《朴通事》这类汉语教材还兼具旅行指南的功能。通过这段对话，可以完整地了解到当时澡堂的规模、服务和价格。我们可以看到澡堂提供洗浴、挠背、剃头、梳头、修脚、酒水等多元服务，泡澡前可以将衣物放入衣柜，浴池有洗浴和睡觉空间，总的来看和今天的浴室没有什么两样。只是这家"孙舍混堂"似乎没有"特价套餐"，他说"汤钱五个钱，挠背两个钱，梳头五个钱，剃头两个钱，修脚五个钱，全做时只使得十九个钱"，现代人会下意识地认为做个全套肯定有折扣，实际上加一下它的数字，就会发现毫无优惠。

宋代普通人都穿什么衣服

宋代人的衣服，分为身衣、头衣和足衣几种。身衣一般是上衣下裳。衣主要有这样几种，有袖的单上衣叫衫，有袖的夹层内上衣叫袄，有袖的夹层外上衣则叫襦，往往较长，能到膝盖。短袖的衫叫半臂。粗料斜襟上衣叫褐，有长和短两种形式。长到足的襦，就叫袍。直裰也叫直身，类似后代的圆领长衫，圆领窄袖，腋下左右开衩，背后有条中缝，直通到底。道衣是斜领交裾，四周以黑色沿边的外袍，主要是文人而非道士穿着。褙子类似今天的风衣，对襟，左右开衩。宋代人不论男女下身大都穿裳，类似于裙，但裤子也在流行，主要是平民在穿，有开裆裤、合裆裤和无腰无裆裤三种形制。头衣就是冠、帽、幞头之类，幞头最早是用来包裹发髻的头巾，后逐渐产生形制，到晚唐定型，至宋代风行，无论皇帝贵族还是市井百姓，都喜欢戴幞头。宋代幞头的材质也发生变化，有软、硬两种，并产生了和官职礼制相关的不同幞头。宋代官员戴的幞头是硬幞头，是用竹、铁丝之类的材料扎成形状，再蒙上乌纱，再上漆，等到漆干了以后，取掉竹丝之类。官员的幞头一般有四个带子，两个反系在头上，另外两个称为脚，根据两脚的交结，有平脚、交脚、曲脚、直脚、朝天幞头等区别。宋代官员的展脚幞头的两脚往往很长，两脚向两侧平直伸出，可达数尺。据说是为了防止官员们在上朝时聊天。除了幞头，宋代人还戴帽、帻、巾、笠等，此外成人之后，还要戴冠，主要用来束发。冠都很小，在冠的外面，还可以再戴巾帽。足衣主要是鞋袜，单底的叫履，复底的叫舄，皮质的叫靴。

不同职业的穿衣风格很不同，例如帝王、皇后有裘冕、衮冕、通天服冠、履袍和常服等等服饰，再如官员根据品级，也有不同的朝服和常服。2016年5月，考古学家打开了浙江黄岩南宋赵伯沄墓。赵伯沄系宋太祖赵匡胤七世孙，曾任平江府长洲县（今苏州市）县丞。墓中出土六十多件丝制衣物，包括衣、裤、袜、鞋、靴、饰品等，可以还原南宋赵氏宗室成员当时的礼仪性服饰及日

南宋·佚名《宋高宗坐像》

绘高宗头戴乌纱展脚幞头，身着朱红袍服

宋·佚名《宋徽宗后坐像》

绘宋徽宗皇后郑氏，头戴九龙花钗冠，两博鬓，翟衣、带绶，面贴珠钿

常穿着，堪称南宋衣柜。赵伯沄随葬丝绸衣服，除了一套官服，其余多为衫袍、襦袄，均为休闲的燕居之服。在当年杭州举行的G20峰会上，赵伯沄的交领莲花纹亮地纱袍、对襟双蝶串枝菊花纹绫衫两件衣服，作为丝绸珍品向贵宾重点介绍。

宋代士农工商、各行各业，所有人的衣着都有各自的规矩，不能乱穿。《东京梦华录》中举例说：要是你是香铺里的售货员，上班就戴着顶帽，披背子；要是你是当铺里的掌事人，上班就穿黑上衣，系角带，不戴帽子。走在街上，大家一看你的衣着打扮，就知道你是什么身份。普通人衣服的颜色原则上只能是黑、白两色，但现实生活中底层百姓的衣服颜色也很多元。

普通百姓男子往往穿裤，便于劳动，也有劳动女性穿裤的，但外面往往再套裙，直接长裤外穿的较为少见。过去几十年，在宋墓中先后出土了不少宋代裤子的实物。一般男性穿合裆裤，女性穿开裆裤，裤外再束裙，从宋画看，也有男性在裤外加裙的。也有一些人因为劳动需要，外穿短裤。和普通百姓相比，知识分子更喜欢传统的上衣下裳，下身穿裙。

襦、袄、衫是宋普通百姓最常穿着的衣服。襦、袄都是夹衣或棉衣，比较暖和，一般春秋穿夹襦、夹袄，冬天穿棉袄。宋人词中有"襦温裤暖"（柳永）、"千里裤襦添旧暖"（晏几道）、"不辞泥雨溅罗襦"（周邦彦）之类的句子。在古代，裤襦还是个典故。汉代廉范做蜀郡太守，废除禁止百姓夜间点灯做事的制度，老百姓用《五绔歌》来歌颂他的功绩，其中说"平生无襦今五裤"，一襦五裤就成了指地方官吏治理有方而得百姓称颂的典故。宋人词中"瓜瓞绵绵储庆远，闲平代有名人。一襦五裤说朱轮"（洪适）、"佩麟旧都，江左襦裤歌欢"（侯寘）、"襦裤歌谣，升平风露"（范端臣）用的都是这个典故。

　　单衣就是衫，比较薄。宋人词中经常有春衫薄的意象，如苏轼"落花闲院春衫薄，薄衫春院闲花落"、赵长卿"薄纱衫子轻笼玉，削玉身材瘦怯风"、石孝友"越罗衫薄峭寒轻，试问几番花信"、康与之"臂销不奈黄金约、天寒犹怯春衫薄"之类。但也有夹衫，李清照词云"风柔日薄春犹早，夹衫乍著心情好"。百姓穿的衫有两种，一种是短衫，作为里衣，另一种是长衫，穿在外面。衫又有紫衫、凉衫、皂衫、葛衫、毛衫、胡衫等等种类。古时学子所穿之服为青衫，所以往往以青衫代指学子书生或官员。凉衫是一种披在正常衣服

南宋·刘松年《茗园赌市图》
可以看到右侧女性外穿长裤

北宋·赵佶《听琴图》（局部）
图中抚琴之人道冠道衣，被认为正是宋徽宗赵佶本人

外面的黑色外罩。沈括《梦溪笔谈》卷二"凉衫"条说："近岁京师士人朝服乘马，以黪衣蒙之，谓之'凉衫'，亦古之遗法也。"《东京梦华录》中说，最初妓女出门都是骑驴，到了宣和、政和年间，她们就都只骑马了。在春天，她们身披凉衫，把遮住面部的轻纱，系到头戴的冠子后面。有些年轻的轻薄男子，也穿戴着轻衫小帽，骑着马跟在后面。有时候会有三五个文身的无赖少年，骑在马上，这叫"花褪马"，他们有时候会故意用缰绳把马头压得很低，贴着地面，这个叫"鞅缰"。大家都骑着马竞相吆喝，比赛谁骑马更加潇洒俊逸。苏轼词中有"香汗薄衫凉，凉衫薄汗香"的句子。

褐是粗布做成的上衣，历来是平民专属，宋人词中有"短褐无泥竹杖轻"（陈克）、"杜陵野客人更嗤，被褐短窄鬓如丝"（林正大）、"幅巾短褐，有些野逸，有些村拗"（刘克庄）、"短褐临流，幽怀倚石，山色重逢都别"
（王沂孙），表现的都是山村人家或者隐居之乐。古代将当官称之为"释褐"
或"解褐"，意思就是从此以后脱去平民衣服。

宋代军中流行短后衣，宋金时期的文学家李俊民的诗中说"挟矢操弓短后
衣，扬扬意气似男儿"。短后衣并非前短后长，只是用了《庄子》中典故。《梦
溪笔谈》中说："唐以来士人文章好用古人语，而不考其意，凡说武人，多云
'衣短后衣。'"也有士人穿短后衣，暗示尚武。宋人轻武重文，《宋史》中说
赵汝谠有轶材，智略出人上。叶适去他家，看到汝谠穿着短后衣，于是劝他"名
门子安可不学"。汝谠深感惭愧，从此折节读书，终身不穿短后衣。

半臂是一种短袖罩衣，通常着于襦的外面，男女皆可穿，在唐代是短衣，
但宋代也有长款的半臂，实际上就是将衫变为短袖。王沂孙词云："罗带同
心，泥金半臂，花畔低唱轻斟。"

没有袖子的半臂就是背心，也叫背褡、两裆。背搭男女通服，一直延续到
后代，清代李渔曾分享他的"女性穿衣指南"，认为背搭和鸾绦能让女性身材
显瘦，女子贴身的胸衣，有"抹胸"和"诃子"，是一片式的矩形布料，围裹
于胸前，抹胸较长，诃子较短。

袍、长衫、直裰、道衣、背子都非常长，长度可以直接到脚。袍就是加长
的襦，是男性专属的衣服，女性中只有女乐人偶尔穿着。袍有交领袍、圆领袍
等区别，也有宽紧的区别，一般没有官位的人都穿白袍，庶人穿布袍。长衫就
是加长的衫，是外穿的单衣，有时衫也作为通称，把所有加长的衣服都叫衫。
襕衫是长衫的一种，在衫的下摆加接一幅横襕，长度直到脚上，是官员常穿的
外衣，"以白细布为之，圆领大袖，下施横襕为裳，腰间有辟积。进士及国子
生、州县生服之"，普通百姓是不能穿着的。直裰和道衣都很宽大，普通百姓

也可以穿，但更多是士大夫在日常生活中的私服。道衣也叫道袍，最早是道士的法服，一般是斜领交裾，四周以黑色沿边，但宋代穿道衣的绝大多数都不是道士。宋代知识分子在日常生活中喜欢穿着宽松的衣袍，因而道衣非常流行，南宋马远的《西园雅集图》中，除了侍女、书童外，大都穿道衣。元初赵孟頫的《苏轼像》，苏轼也是身穿道衣。闲披道衣鹤氅，被认为是高雅服饰，正所谓"猩袍懒著辞公宴，鹤氅闲披访道流"。

背子，又称"褙子"，是一种两腋下侧缝开长衩的长衣，宋代从上到下都喜欢穿着，直领、盘领、交领都有，男性和女性穿的背子有所不同，男性背子腋下及背后有垂带，女性则没有。女性背子可以作为常礼服，一般普通女性的背子较短，大致到膝盖，贵族女性的背子则往往过膝到脚踝位置。

南宋·马远《西园雅集图》（局部）

图绘北宋哲宗时期开封的一些诗人及书画家名流，在驸马都尉王诜府第的西园中雅集的情景。图中描绘的人物除主人王诜外，包括苏轼、苏辙、黄庭坚、晁补之、秦观、米芾、张耒、蔡肇、李之仪、李公麟、郑嘉会、陈景元、王钦臣、刘泾、圆通大师等人及王诜的家姬侍童。也有学者认为此图与著名的西园雅集无关，描绘的是南宋杭州某士大夫在其私人园林宴集的故事。图中人物衣袍素雅，可见当时审美情趣。除侍女、书童和僧人外，图中人物着装均为上襦下裳和道衣

在宋代如何得到一套房

　　宋代对公私住房的称谓和规格有较为严格的等级规定，普通人家的房子不能称府称宅，只能称家，在建筑上也不能使用重栱、藻井和彩饰，不能装饰四重飞檐，六品官以上的宅前才能设立乌头门（棂星门）。此外，对房屋的规格、装饰都有限制。事实上，对于宋代乡村普通百姓来说，所居大都只是茅屋而已。北宋熙宁五年（1072年），日本僧人成寻来华，在浙江舟山群岛的小均山登陆时看到"有四浦，多人家，一浦有十一家，此中二宇瓦葺大家，余皆萱屋"。范成大沿长江旅行时，所见两岸乡村，大都是茅屋，归州"满目皆茅茨，惟州宅虽有盖瓦"。在大部分乡村地区，茅屋是主流，瓦房较少。

　　如果对乌头门、彩画、藻井之类的名词感到陌生，宋代有一部建筑宝典《营造法式》可资参考，这是宋代最典型的住宅建筑规范书。北宋中晚期各地大建宫殿、园囿、庙宇等建筑，负责工程的官吏往往贪污，国库在建筑一项上的支出过于巨大乃至无法应付。熙宁二年（1069年）神宗要求将作监编制一部建筑规范书，到宋哲宗元祐年间才告完成，称之为《元祐法式》，但此书不够细致，建筑规范制度缺乏，无法起到防止建筑行业腐败的作用。哲宗绍圣四年（1097年），令将作监李诫重修，所成就是《营造法式》，全书三十六卷，内含六卷图样，囊括当时建筑工程和建筑相关的方方面面，堪称当时建筑科技的百科全书。20世纪初著名的营造学社就是因其以研究此书为核心而得名。

　　在宋代，获得房产，主要是赐第、自建和购买三种方式，大的城市也有不少人买不起房产，长期租屋居住。

一　赐第

　　赐第就是皇帝或政府免费赏赐住宅，对象自然均非常人，往往是皇亲国戚、重臣功臣、节度使、宦官以及从其他政权归顺投靠而来者（当时叫作归明人或归正人），部分重要大臣还会赐家庙，以示恩荣。宋初著名的"杯酒释兵权"之后（此事是否真实存在，学术界有较大争议，但军事管理制度肯定在这一时间段有很大变化），不少高级将领调离京城，留居京师的节度使大都赐宅第，自然有便于监管的意思。宋代建立之初，南唐李后主李煜的弟弟李从善一行前来进贡，被宋太祖授予泰宁节度使，"赐第京师"。宋太祖准备伐蜀之前，甚至在首都修建了五百多间豪宅准备赏赐蜀人。太祖还在首都城南修建了一所极为豪华的宫殿，取名"礼贤宅"，传话给南唐李煜和吴越国钱俶，谁先来汴梁觐见就赐给谁。李煜装病迟迟不来，这座超级豪宅就赐给了钱俶，还曾亲临检查生活设施是否完备，务必要让钱俶有宾至如归之感。到了宋太宗时，又将礼贤宅明确为钱俶家的永久产业，钱俶为了表达感谢，献白金（当时的白金就是银子）三百斤。钱俶在礼贤宅去世后，他的儿子钱惟演后来把这座京城除了皇宫外的第一豪宅又献给了宋真宗。位于礼贤宅的太学逐年"扩招"，屋舍不够，礼贤宅逐渐变成了太学的一部分。随着宋朝的延续，皇室成员越来越多，核心成员都会建立宫院赏赐，北宋时有睦亲宅、广亲宅、睦亲北宅、广亲北宅、亲贤宅、棣华宅、蕃衍宅等，南宋以后宗室则大都散居各地。公主在皇宫中成长，下嫁时也都赐宅，往往带有园林，非常雅致大气，如宋真宗大中祥符年间万寿长公主下嫁左龙武将军李遵勖，赐第永宁里，园林、奇石、池塘、名木在汴京首屈一指，经常邀请当时的名士宴乐。一部分战死沙场的烈士也会获得赐宅。

赐第的形式也并非总是建好宅邸"拎包入住"，有的是拿旧屋改造，有的则是直接拨钱，让受赐者自行购买。南宋理宗给贾似道赐第的诏书保存在《宋史全文》中："朕惟我朝褒表功德，具有彝典。如赵普有翊戴之元勋，则赐第宅于建隆；文彦博有弼亮之伟绩，则赐家庙于至和。今丞相贾似道身佩安危，再造王室，其元勋伟绩，不在赵普、彦博下。宜赐第宅、家庙。"贾似道屡屡请辞，后来孝宗把集芳园赐给了他，并拨钱一百万贯，让他自行修建家庙。其时赐给宰相重臣的宅邸往往规模宏大，超过百间。

赐第的产权性质非常复杂，有的是只拥有居住权，这种情况又分长期和短期，短期是受此赐之人活着时住在赐第中，死后便收回，或者是担任某官职时临时居住，离任后便收回，实质上是官舍。长期居住权则往往是由短期居住权进一步赏赐而来。有的则是拥有产权，可以作为家产代代相传，但大家族总会衰落，基本上几代之后，子孙无法守住祖业，也都会售卖换钱，变成其他人的产业。

二　自建

从史料来看，自建房屋是非常常见的方式，尤其是士大夫阶层，往往自己筑宅。苏舜钦曾在苏州购置了沧浪亭，梅尧臣后来就在沧浪亭隔壁自建了住宅。《夷坚志》中有个故事，明州城外五十里小溪村，有富家翁自造巨宅，凡门廊厅级，皆如大官舍。有人跟他提建议，说这屋子太大，不适合普通百姓，富家翁每次听到都非常生气。等屋子完全建好，富翁随后也就去世了。他的儿子不孝，无法守住家业，正好丞相魏杞一直租房住，没有自己的屋宅，等他罢相回明州，就用自己的全部积蓄约一万贯买下了这栋巨宅。那位富翁死后都不甘心自己所建的房子被卖，魏家人经常看见他的鬼魂在家中来来往往，表情恨恨不平，魏杞专门建了一个小房子奉祀他为土地，此后鬼魂才消失不见。

自建房屋往往是在荒地，大城市中自然很少有荒地，能够自建宅邸的都是顶级权贵，寻常高官大都只能租房。苏辙才名既盛，官职也高，宋哲宗即位后，入朝历官右司谏、御史中丞、尚书右丞、门下侍郎等职，位列执政，但即使如此，他也租不上首都的官邸，又无法在汴京买得起房，一直到年过六旬，一心想要拥有属于自己的房子，这才在许昌盖了套大房子，这套房就耗尽了他几乎全部财产，他自己写诗感慨："我老不自量，筑室盈百间。旧屋收半料，新材伐他山。廪中粟将尽，囊中金亦殚。"一直到晚年，他才在首都购置了一套别墅，这套房产后来卖了九千多贯。宋真宗尚未登基时曾在汴梁为喜爱的女子建了一处金屋藏娇的小屋子，花费了五百两[1]白银。

顶级权贵所建家宅往往带有园林，环境优雅，甚至每年择时开放，成为公共景点。李清照的父亲李格非的《洛阳名园记》中，记述他所亲历的著名园林十九处，其中十八处为私家园林。这些私家园林中有的是住宅与园林合一，有的是专门用来游憩的园林，也有专门用来种植花木，可谓是真正的"花园"。宋徽宗时期，汴梁城中的园林价值基本都在一万贯以上。

普通民众的茅草屋，造价就低很多。南宋初期给逃荒流民建安置房，每间3贯。底层农户的住宅价格，建设成本约在十贯左右。

1.一两银等于一贯钱。

三　购买

购买也是宋人获得房产的重要方式之一。和今天一样，宋代的房价在不同的地区差别很大，首都的房价极高，寻常人很难买得起房。宋初给一些官员赐宅是给钱让其自行购买，从中可以看到当时首都豪宅的价格，如陈洪进和楚昭辅都是赐银10000两，田钦祚等大臣则是赐银5000两。陈洪进曾是割据一方的势力归属，地位接近国主；楚昭辅是枢密使、检校太傅，位极人臣，宅邸价格极高；田钦祚是中级官员，因抗击北汉有功而赐宅，虽然也是豪宅，但价值相对低一些。宋初著名将领李谦溥晚年在首都精心治第，但后辈不能守，太宗知道后，出价4000贯（理论上等于4000两）买下，又赐给李谦溥的后代。咸平年间，宰相向敏中曾以钱5000贯，购买宰相薛居正的后辈薛安上的居第。可见当时首都汴梁的主流豪宅，价格基本上在5000两。到北宋晚期，物价大涨，高端豪宅不含低价已经需要20000贯，好的宅邸全套下来甚至需要百万贯。据程民生《宋代物价研究》的分析，当时首都好位置的普通民宅，只需要170多贯。首都之外的其他城市，房价相对低一些，宋真宗时，胡旦想要在杭州购置别墅，预算是2000贯。而陕西华州之类的城市，好的房子不过几百贯。宋徽宗建中靖国元年（1101年），苏轼准备定居在常州阳羡，买了一所旧宅，花钱500缗（理论上等于500贯）。至于小城市的小房子，则不过几十贯而已，甚至有几贯的房屋，和大城市相差非常悬殊。

南宋时物价高过北宋，洪迈《夷坚志·补志》中有一则"王燮荐桥宅"的故事，杭州王太尉宅邸售价3000贯，买家一看价格，就说这宅子正常价格起码50000贯，现在如此便宜，肯定是因为闹鬼的缘故吧。这说明当时的顶级豪宅价

格，已经上涨到50000贯之高。宋高宗赐给四大名将之一刘光世的宅邸，花费
30000贯。

四 租赁

因为首都房价太高，大部分官员都需要租房居住，南宋朱熹曾说北宋时
期，"百官都无屋住，虽宰执亦是赁屋，自神宗置东西府，宰相方有第"，
北宋早期哪怕宰相都没有自家的房产，百官都需要租房住，一直到神宗时候
情况才得到改善，宰相才有了自己的房产住处。宋代租房，一般称之为"僦
屋""僦居"，租金则称之为"僦钱"或"僦金"。

宋朝初期各地都设有店宅务（在不同时期也叫左右厢店宅务、楼店务、
都大店宅务兼修造司等名称）这一机构，专门负责管理官宅和基地的估值、出
租和修建及维护。允许租户添加装修、种种减免租金的政策等等。宋代在各种
节庆时往往免除官宅的租金，以南宋临安为例，元旦期间和冬至期间，免租金
三天。皇帝行孟夏礼时，车驾经过之处的屋舍免租三日。官宅的条件并不是都
好，杨砺租住官宅，去世后宋真宗亲自参加葬礼，车驾没法进入宅前小巷，条
件之简陋，让真宗感慨不已。天禧年间的数据显示，当时店宅务共有两万三千
多间房屋，每年收入租金14万贯。

民众自己的房子也可以出租，司马光曾说，对于城市人家，租房月入15贯
是理想的数字。从史料来看，北宋首都小一些的屋子，月租金在几贯到几十贯之
间，价格和房屋品质、地段息息相关，几贯的房子，往往是郊外的陋宅。嘉祐四
年（1059年），文同回到首都汴梁任职，在城外每月4贯租了一套房子，他的《西
冈僦居》诗中提到这所住宅："问得王氏居，十楹月四千。床榻案几外，空处无一

南宋 佚名《山店风帘图》
图中绘一旅店位于曲折的山道上，牛车、骆驼往来不绝

橡。匽溷及井灶，圻壁皆相连。经庳须俯首，过隘常侧肩。所谓十口者，日绕蜗壳旋。"北宋中期汴梁价值5000贯的高级豪宅，每天的租金就需要2贯，一年需要近700贯。官员租房未必租官宅，也可以租民宅，甚至很多部门衙门，就是租的民间房舍装修而成。整体来看，大城市租金非常昂贵，江休复曾抱怨说："望月初请料钱，觉日月长；到月终供房钱，觉日月短。"他每月初领工资，到了月底就需要付房费，因为房租太贵，让他觉得时间流逝得如此之快，一眨眼就到了交钱的时间。北宋物价历经几次起伏，到宋徽宗时达到顶峰，南宋物价更是一路上扬。宋徽宗时期，汴梁民间房屋的租金持续上涨，不少房主以装修为名义，装完就大涨价，租房居住的底层官员和普通百姓实在难以承担，以至于大观元年曾专门为此下了一道诏书，其中要求"自今后京城内外业主增修屋业，如不曾添展间椽地步者，不得辄添房钱，如违，以违制论"。

　　首都和大城市租金昂贵，中小城市则房租较低，北宋时期大部分不过几百文一月，到南宋普遍的价格是一贯左右每月，条件极好的则可能达到十几贯。

　　宋代出行可以住旅店或寺院，文人往往喜欢借宿寺院，如南宋孝宗乾道六年（1170年），陆游由山阴（今绍兴）赴任夔州（今重庆奉节）时，路过苏州，"沿城过盘门，望武丘楼塔，正如吾乡宝林，为之慨然。宿枫桥寺前，唐人所谓夜半钟声到客船者"，便是住在寒山寺。寺院住宿也需要收费，价格与旅店相差不多，一晚不过几文钱。北宋日本僧人成寻来华，其游记中记载一行八人住宿天台山国清寺，花费50文。这一行所住的张九郎家、王婆亭陈公店等旅店，都是50文，在郑州旅店住宿，人均8文。到了南宋时住店价格上涨，大致一人十几文，寺庙住宿可能也会水涨船高。当然，以上是普通情形，有的寺院位置极为优越，或是著名的景点，在特殊时期房价也会奇高，例如南宋临安府的报恩光孝寺，每到科举考试时，便是考生们最愿意住宿的地方，房价高时一夜达到10贯。有的寺院还建设房间长租，开庆年间，鄞县广惠院有房产租赁，其中本院前水步东楼屋一间和上楼一间，每年租赁钱分别是100贯；本院西挟屋1间，年租赁钱150贯，另有屋两间，年租赁钱150贯；本院浴院后屋一间，年租赁钱150贯。

宋代人有哪些出行工具

在庞大的疆域中，存在着种种不同的出行方式，整体来看，宋代人的出行主要包括陆路和水路交通。

一　宋代的舟船

虽然自古以来有着"南船北马"的交通格局，但北方依旧有数量不菲的种

北宋·王希孟《千里江山图》（局部）
可以看到江上舟船

南宋·佚名《早秋夜泊图》
图中城外是水路运输渡口

种船只,南方也不乏各种马车纵横。例如在北宋的首都开封,居中的河道是汴河。汴河的上游在洛阳洛口一带分出一条支流,这条支流流经京城,出城后向东流至泗州注入淮河。汴河担负着东南粮食漕运的交通重任,来自东南的各种土特产,也是经由它运往京城。可以说,京城里无论官民,一切生活所需,都得仰仗汴河漕运的供给。在《清明上河图》中,有二十多条种种形制的货船和客船。南宋的实际首都临安,更是水网密集,舟船如织,西湖上游船盛行。

在宋代,随着造船技术的发展,以及内河运输、海上丝绸之路的需求,船只类型多样而专业,可以区分为海船、江船、河船、战船、兵船、游船等种种类型。如果细分的话,宋代的水路出行工具主要有舟、船、舫、筏、艇、舸等,种类众多,有学者总结宋代的水上交通工具,区分为三十五种之多。

宋代乘船长途旅行也非常多见，在著名的《千里江山图》中，可以看到一百多条船，可以分辨出客船、渔船、货船、游船等类别。《吴船录》是南宋文学家范成大著的游记，他在宋孝宗淳熙四年（1177年）自四川制置使召还，于是五月由成都起程，取水路东下，经过五个月的行旅，在十月抵达临安，一路上对青城山、都江堰、峨眉山、乐山大佛、长江三峡、洞庭湖、赤壁、黄州、庐山都有记叙。另一部乘船旅行的名著是陆游的《入蜀记》，共有六卷，比《吴船录》还早七年。南宋孝宗乾道六年（1170年）末，陆游从山阴（今浙江绍兴）赴任夔州（今重庆奉节一带）通判。他在当年闰五月十八日晚起程，乘船经运河、长江水路历时五个多月，于十月二十七日早晨到达夔州任所。他将旅途中每日的见闻和所感记录下来，便成了中国最早的一部长篇游记。

海上丝绸之路雏形在秦汉时期便已存在，但在唐朝中期以前，中国对外主通道是陆上丝绸之路，之后由于战乱及经济重心转移等原因，海上丝绸之路取代陆路成为中外贸易交流主通道。宋代的海运事业也很发达。宋朝与东南沿海国家绝大多数时间保持着友好关系，广州成为海外贸易第一大港。朱彧《萍洲可谈》对宋代广州的外商集居、市舶往来、海船规模等都有详细的记录，其中最早提到指南针应用于航海，是古代航海史上的重要材料。当时宋代徐兢于宣和五年（1123年）作为信使礼物官出使高丽，他所著《宣和奉使高丽图经》对当时的造船技术，尤其是对神舟和客舟这两类海船的形体结构有不少讨论。当时最大宗的贸易已经从丝绸转为瓷器，《萍洲可谈》中说："舶船深阔各数十丈，商人分占贮货，人得数尺许，下以贮物，夜卧其上。货多陶器，大小相套，无少隙地。"

宋代的海船在考古中多有发现，例如泉州湾宋代海船、宁波宋代海船等，影响最大的大概是南海沉船。"南海Ⅰ号"是南宋初期一艘在海上丝绸之路向外运送瓷器时失事沉没的木质古沉船，从泉州港驶出，沉没地点位于中国广东省（台山市海域），1987年在阳江海域发现，是国内发现的第一个沉船遗址，当时水下考古技术尚不成熟，直到进入21世纪，才确定了整体打捞的方案，2007年年底才完成整体打捞出水。"南海I号"木船体残长约22.1米，船体保存最大船宽约9.35米，经过多年清理，沉船中共出土18万余件文物精品。

二 宋代的陆路交通

宋代陆路出行工具可以分为人力出行工具、畜力出行工具和人畜并力出行工具，人力出行工具包括辇、舆、轿、人力推车等，畜力出行工具则有辂、车、马、驴、骡、牛等，人畜并力出行工具主要是串车。张择端《清明上河图》中人口聚集的街道上，坐轿、骑马、赶毛驴运货等等不一而足。

轿子作为富有中国特色的出行工具，在中国有着悠久的发展历史。轿子中间最早只是一块木板，到了唐代才逐渐改为座椅，因为需要人力肩扛，所以也称为肩舆。在宋代，官宦贵人出行时乘坐的轿子，一般将有上盖和四边屏障的称为舆，无上盖和四边屏障的称为檐子。北宋时期很多高官都不愿乘轿，而是选择不太舒服的骑马，他们认为轿子是"以人代畜"，因此只有年老体弱、腿脚不便的官员长期乘轿出行。南宋开始此风气大为变化，人们纷纷以轿代马，无论官职大小，都可以坐轿。轿子成为官员们日常出行的工具，骑马反而变成只有在参与大型祭祀等活动时才迫不得已的选择。在这种风气影响下，南宋轿子进一步深入到城市生活中。无论是北宋南宋，家境较好的女性出行往往需要乘轿或乘车，在城市中，只有妓女等下层女性出行骑驴或骑马。在《清明上河图》中，孙羊正店前有几位乘轿者，其中有一妇人向轿外张望。

两宋迎新嫁娶也乘坐轿子。婚礼当天，男方家用迎亲车或者花轿，和迎新队伍一起去女方家迎娶新娘，他们来到女方家门口，女方家人会招待他们，送上彩缎，他们会在女方门口演奏音乐，催促新娘梳妆。等待新娘收拾妥当，准备上花轿的时候，抬轿子的人都会起哄讨喜钱，否则就不肯起轿，这个环节叫作"起檐子"。给了他们喜钱，轿子就抬起来了。这时男方派去的迎客，已经提前回到男方家门，等着迎接新娘。一些跟着帮忙的从人和男方的家人，在新娘的轿子进门之前，会向女方索要一些喜钱、小钱物和花红，这个环节叫"拦门"。

长途旅行和货物搬运，往往需要牛车或驴骡车。搬运货物的车辆，大型的叫作"太平车"。这种车上有车厢，但车厢顶没有盖儿，所以车厢的形状有点像闹市里那种勾栏，不过不像勾栏那么弯曲，结构挺齐整。车厢板壁前面，各有一根两三尺长的笔直木头向前边伸出来，驾车之人就坐在两根木头的中间，两只手分别握住马鞭和缰绳，控制车子前进。这种车子需要靠前后排成两行的二十多匹驴或骡来拉动，当然，用五到七头牛来拉车也行。这种车子会装有两个非常大的轮子，轮子竟然和车厢一样高。车子后面，安装有两个倾斜着的木脚拖刹车。要是需要夜间行车的话，就会在车的中部安一个铁铃铛，车动铃响，可以提示对向的车辆小心彼此相撞。除了在车前要套拉车的牲口，车后还要拴套两头驴或骡。每当车子要下坡或遇到险峻的路桥时，就要挥鞭吓唬车后这两头牲畜，让它们向后使劲，车速就可以缓下来，这是一种独特的刹车系统。这种大车，可以运载几十石的货物。官府的太平车块头会稍微小一点，一般都是用驴来拉的。体积比太平车小的"平头车"，形状和太平车很像。平头车的车轮轴上，会向前伸出两根长的木头作为车辕，两根车辕的前端用一根横木固定。把一头牛放到车辕中间，再把刚才提到的那根横木放到牛脖子上，驾车人坐在车的一边，用手牵着牛鼻绳来驾车。大型的酒店经常用这种平头车来运送装酒的梢桶。此外还有一种独轮车，前后两个人来操作，车子的两边还各有一人扶着，以防拐弯的时候倾倒，这种车是用驴来拉的，叫串车，不需要两边的耳子轮转。这种车载货量很大，一般用来搬运竹、木、瓦片、石头。还有一种车前面没有车辕，只由一或两个人推着走，这种车通常是那些卖糕糜之类的商贩使用，一边走一边叫卖，不适于搬运重物。

当时有一种专供女眷乘坐的车子，外形和平头车很像，但车厢顶是由棕榈枝叶做成的。这种车厢前后都装勾栏式的门，门上还会挂起帘子，以防女眷曝光。

如果是一家人出行，往往会采用多种交通工具，《夷坚志》中有个故事，朝散大夫（从五品）赵颁之携家带口从首都开封去陕西凤翔，这一家人中，男

北宋·张择端《清明上河图》（局部）
可以看到街道上的轿子

性都骑马，女性家眷都是坐马车，只有一位孕妇不能颠簸，专门为她准备了轿子，安排了四个兵卒来抬。伺候孕妇的女用人，则是骑着驴。这个故事的起源，就是讲因为陕西一带兵卒没有抬轿子的经验，被石头绊倒，轿子一歪，把孕妇给滑了出来摔在地上。这块绊倒人的石头其实是一块美玉，后续的故事就是围绕这块玉展开的，这里自然不必详叙。但可见当时出行时不同性别、身份的人，选择的交通工具便大有不同。

据沈括《梦溪笔谈》记载，北宋驿传有三等，分别是步递、马递和急脚递，急脚递是速度最快的，一天能走四百里。宋神宗时期又设置了更快的"金字牌急脚递"。"金字牌"是一个一尺多长的红漆木牌，上面有金字"御前文字，不得入铺"，就是说，凡是用"金字牌"传送的文件，不在每一个驿站停留交接，省了中转时间，所以特别快。宋高宗曾经一天连发了十二道"金字牌"，将岳飞从前线召回，并最终以"莫须有"的罪名害死。

服务于传递政府文书的驿站，大都叫"急递铺"，这个名词一直延续到清代。《西游记》第三十五回里，孙悟空曾经吐槽自己来回奔波，"比急递铺的铺兵还甚"。"铺兵"就是传递书信的快递员，也叫"急脚""急脚子"，还有叫"急足"的。南宋对驿传有特别的法规，规定了对寄送的文书，绝对不能盗窃、私拆，相关文件要限时送达，对铺兵的各种违规操作，都有具体的惩罚措施。

宋代就有"滴滴打车"吗

宋代租赁行业发达，几乎无物不租。《武林旧事》中的"赁物"条，列举了花檐、酒檐、首饰、衣服、被卧、轿子、布囊、酒器、帏设、动用、盘合、丧具等门类，并说要举办宴席，自己什么都不用准备，只要请了"茶酒厨子"，从陈设布置到精美菜肴，乃至现场引导主持，一切包办。这种茶酒厨子，就是著名的"四司六局"，四司指帐设司、厨司、茶酒司、台盘司，

南宋·马公显《骑驴郊游图》（局部）

图绘一行人骑驴出村口的情景

六局指果子局、蜜煎局、菜蔬局、油烛局、香药局、排办局。

　　除了种种生活用品，交通所需的驴、马、轿等都可以出租，这种行业在唐代已经出现。《太平广记》中有个灵异故事，说扶风人马震，居住在长安平康坊。有天听到叩门声，一看是附近租驴的小孩，跟他说"刚才有一个夫人，从东市租我的驴，到这进了宅院，但没给租钱"，马震觉得很奇怪，因为他家根本没有人进来过，但小孩信誓旦旦，也只好给了点钱暂时打发走了他。但离奇的是，过了几天，他又听到叩门声，也是如此情况，前后多次。从此他开始怀疑有特异情况，于是安排人天天守在门的左右。果然有天看到一个妇人从东边乘驴来，渐渐走近，家人马上认出了她，居然是马震的母亲。但她死了已经十一年了，葬在南山。驴上她的衣服还是安葬时穿的那身。

　　当时因为租驴行业盛行，以至于不仅阳间有这个行当，地府也有人租驴为生。《太平广记》中还有个死后再生的故事。西京郊区武功县人郜澄，骑着驴去东都洛阳，结果路上死了，在地府中他贿赂了阴差五百贯，得以复生。他出了地府门，正不知去往何处，忽然看见已死的的妹夫裴氏带着一千多人去西山打猎。裴氏惊喜地问："你怎么到这里来的？"郜澄就细说了情况。裴氏说："你如果不遇见我，很可能成了一个无事的闲鬼到处游荡，三五百年也不能转世，那将多么悲惨！"当时裴氏的府门外有租驴的，裴氏就叫来一个赶驴的少年，命他用驴把郜澄送回家去，并拿出二十五贯钱付了驴钱。郜澄骑着驴走了五六里地，驴子太弱，走不动了，此时天色将晚，郜澄担心到不了家，回头看那赶驴的少年，正在悠闲地唱歌，就大声招呼他帮忙赶驴。少年快步上前，用棍子猛打了驴一下，驴一受惊，郜澄就被摔了下来。这一惊一摔，郜澄便活过来了。《宋高僧传》中记载一个神异故事，说："嘉州罗目县有诉孙山人赁驴不偿直，乞追摄。问小童，云是孙思邈也。县令惊怪，出钱代偿。"在嘉州罗目县，有租驴的商人去官府报案，有个叫孙山人的租了驴不给钱。县令一了解，原来这个孙山人是传说中的神仙孙思邈，于是就替他出了租钱。

唐文宗开成三年六月十三日（838年7月8日），日本和尚圆仁从日本博多湾登船出发，入唐求法，一直到唐宣宗大中元年十二月十四日（848年1月23日）从中国回转日本博多，其间写下日记记录求法巡礼的行程，这就是《入唐求法巡礼行记》，其中多次提到租驴出行。有次在偏僻地界，当地官员告诉他们："今差夫一人，将和尚随身衣服，到第二舶处，到山南，即觅驴驮去。在此无处借赁驴马者。"只能请人挑着行李步行。第二天也有人说："余今日且行，明日在山南作馎饦，兼雇驴。"等到了稍微繁华的地方，就租驴而行了。他还记录了当时租驴的价格，二十里路一头驴五十文，三头共计一百五十文。此后他们租驴，根据路程和地域不同，还出过二十文、十五文等不同的价钱。

在宋代的城市中，最早租驴的比较多，后来租马也多了起来。在北宋汴梁，要是你平时出门办事，嫌路途太远，走起来太累，那也不用担心，附近的街坊集市中都有租借鞍马的地方，租一次马，一般也不超过一百文钱，这种快捷的出行方式，大致类似今天的打车。

当时租马，要先约定价格，于是往往先问你是单程还是双程，如果是去了再来，往来双程的价格要比单程贵一倍。当时很多衙门都不养马，有需要也是去市场租马出行。有官员租马押着死囚去刑场砍头，店家也问："一去耶？却来耶？"听到的人哄然大笑。

除了驴、马，还可以租轿出门。靖康之变的时候，金军将权贵女性北送，租轿人家的轿子全都被征集一空。

在南方租船远行或在大湖游乐，也是唐宋人常用的出行方式。宋初王禹偁有"赁船东下历阳湖，榜眼科名释褐初"的句子，和唐人"一日看尽长安花"

意境相似。方回的诗则说自己穷困不已："赁舟归亦易，犹欠赁舟钱。"宋代王明清的《挥麈录》记载了一个因为租船而发生的奇事。曾巩的弟弟曾布官至宰相，他当年去山东青州，有朋友跟他说有个叫王尚恭的人，年高不出仕，有乡曲之誉，希望跟曾布吃个饭。曾布同意了，结果两人一见如故，在饭席间聊着聊着，王尚恭就说："我当年有一个儿子，也刻苦读书求取功名，但不幸早死。在死前他跟我说，当年刚刚在荆南担任小官，任期届满，就租了一艘船泛江而下，其间偶尔和一个寡居的妇人野合，有了身孕。等到了京师，两人就此分开。听说后来这个妇人生下了孩子，是个男孩，再后来，她就去了曾尚书您家做了妾。如果算时间，这孩子也应该十多岁了。不知道此事是否真切。"曾布说："当年确实有一个妇人带着孩子，说本是富贵人家，无奈失身，希望能够卖身，我就买回家中，一直把这孩子当自己亲儿子养大。"于是让人把这孩子请来，王尚恭一看，抱着这孩子大声恸哭，因为小孩跟他死去的儿子几乎长得一模一样。曾布将这个孩子还给了王家，曾巩、曾布家的孩子取名都是丝字旁，王家为这个孩子取名王约，字公详，以示不忘曾氏。

在宋代的西湖，人们往往租用画舫游赏，所谓"孤山落月趁疏钟，画舫参差柳岸风"，游船的兴盛是宋代的特征，西湖游船种类极多，根据形制、装饰，有百余种型号。西湖上的舟船，大的可以乘坐一百多人，小的不过一叶扁舟，游人到西湖可以根据情况任意租赁，租赁的船只都有船夫，游客尽可以早上携酒乘舟，畅游西湖，到晚上再下船回家，不需自己划船，尽管享受风景与生活，只要付上船租即可。

宋代的公益墓地怎么管理

　　中国慈善事业有着悠久的历史，宋代政府和民间机构（主要是佛教寺院）合作，开展了大量公益事业，救助弱势群体，公益性的药店、医院、养老院、孤儿院、收容所之类机构在各地都长期举办。在众多公益慈善形态中，有一种非常独特的机构叫作漏泽园，主要职能是掩埋无主的尸体，是一种公益墓地。"漏泽"之名，就是取"泽及枯骨，不使有遗漏"之义。

　　这一公益行为最早始于宋真宗时期，天禧年间，真宗下令在京畿近郊佛寺买地，以掩埋死之无主者。政府对此有补助，成人每具棺材政府出钱六百钱，儿童的小棺补助三百钱，这在一定程度上鼓励了大家参与到这一事业中。这部分款项出自左藏库，受到官员反对，后来政府就不再补贴了，很多人也就不愿意继续参与，以至于"死者暴露于道"。到了宋仁宗嘉祐末年，又下令恢复补贴，并在嘉祐七年（1062年）下诏开封府，在四郊购买土地，拨付欠款，用来"瘗民之不能葬者"。这种负责掩埋无主尸体或贫民无力埋葬尸体的机构，就是漏泽园的前身。

　　十多年后，到了元丰二年（1079年）三月，宋神宗又下诏书，对开封公益墓地的管理给出了具体办法，此后得到沿用。这个办法大概分这样几个内容：第一，贫民的棺材无力下葬，可以暂时寄放在佛教寺庙。第二，开封周边的郊县，要在官有的土地中拿出三到五顷的荒地，用来作为公墓。第三，公墓由佛教界具体管理，并对具体参与的僧人给予奖励：凡是埋葬尸体三千具以上，给与一个度牒名额。参与这一事业满三年，赐给紫色袈裟；如果是此前已经有紫色袈裟的法师，则赐给"大师"称号。如果有法师愿意继续承担三年，政府也予以支持。因为这些墓地都设立在郊区荒无人烟的地方，且都是无主尸体，普通人大都不愿管理，只能请佛教僧人来参与管理，大概也是希望他们通过日常宗教修行，可以超度无主亡魂。当时具体负责协调此事的官员是陈向，后来他的外孙徐度在《却扫编》中详细介绍了当时的情形，当时公益墓地开始运营，很快统计得到无主尸骸八万多具，在墓地中三十具一排，详细的掩埋情况都登记造册，并且绘有图像。在墓地的一角建立一座小型佛寺，由管理墓地的僧人居住并掌管图册。

到了宋徽宗崇宁三年（1104年），蔡京在此前公益墓地的基础上，正式成立了漏泽园，对尸体掩埋有了更严格的规范，比如墓穴"并深三尺，毋令暴露"，并且安排相关部门抽查，加强监督。蔡京还将漏泽园这一机构推广到全国各地，要求诸城、寨、镇、市户及千以上有知监者，依各县增置居养院、安济坊、漏泽园。凡是寺院中寄放超过二十年且无亲属的棺材、死人之不知姓名的以及死亡在露土中乞丐之类的尸体，都由漏泽园负责掩埋，由佛教僧人具体管理。此时的管理较为精细，对尸体信息造图册，一式两份，地方政府和漏泽园各自保存一份，相关管理人员更换，都要做好图册的交接。全国漏泽园统一每个墓约占地八尺，墓地都有方砖二口，刻上原来尸体寄存的位置，如果知道尸体的信息的，也刻上死亡月日、籍贯姓名以及亲属姓名、埋葬时间月日等，有的还有编号。这些方砖在考古中发现过实物，2016年前后在晋城市区南部白水河两岸新发现的十七方泽州漏泽园铭砖，均为条砖形制，上刻文字行文较为潦草，从文字来看，安葬的人员身份有钱监人员、配军、安济坊病死人员、军

河南滑县出土的宋代"漏泽园"铭砖

人（兵士）、病死贫民等。

　　蔡京的管理办法中还明确：没有棺材的，统一由政府提供（但考古发现当时的漏泽园存在用瓦罐甚至裸葬的情况）。如果已经葬在漏泽园，后来又有亲属前来寻访，希望改葬家乡的，由官方开葬，根据墓中方砖上和图册中的相关信息核验后将遗骨交还给亲属。因为公墓面积较大，如果民间有人申请，也可以将亲属棺木安葬在这里，每人给地九尺，如果以后要迁葬，也允许他们迁走。在漏泽园中建设一些房屋作为灵堂，方便后人前来祭奠。漏泽园定期组织祭祀，用酒食等予以祭奠。如会稽的漏泽园，在县南七里处，周围有栅栏围起来，种植有树木，有人专门维护，禁止人们来这里砍树或放牧牛羊。宣和二年（1120年）下诏，强调漏泽园的管理可以参考元丰年间的办法，南宋以后，死于战乱、道路者，都交给佛教管理的漏泽园掩埋，《宋史》中说"其死也，葬之于漏泽园，岁以为常"。漏泽园米粮经费的支出来自常平仓，由提举常平司进行监管，例如宋高宗绍兴十四年（1144年）曾下令选僧两名主管钱塘、仁和两县的漏泽园，月支常平钱五贯，米一石。

文献中漏泽园每个墓地的尺寸是八尺或九尺，三门峡市出土的北宋陕州漏泽园，发现墓葬849座，均为小型土坑墓，有的仅仅容得下两口陶缸或一具尸体，有的甚至只容得下一口陶缸。大部分墓坑均为长方形，长在一米五到两米，宽零点五到零点八米，深度大都在一米左右。墓葬排列有序，自东向西成排，每排一百座左右，墓葬为南北向。葬具大都不是木质棺材，而是陶缸，这个墓地总共出土陶缸一千多只，大都是青灰色，细泥质，制作较为精美。

在漏泽园的日常管理中有两种常用的文书，一种叫"头子"，是官员对尸体进行检讫之后签发的准许尸体埋葬进入漏泽园的凭证；另一种叫"状"，是将尸体埋入漏泽园的申请，填写者或口述者的身份，是尸体的发现者或死者的亲属。状的内容主要是尸体的信息，以此来确定进入漏泽园的尸体确系无处归葬，并且可以有效排除其他刑事纠纷的可能性。这两种文书，都是为了加强对漏泽园的规范管理。

漏泽园日常管理中也会出现一些问题，比如僧人具体管理，政府规定满三千具才赏赐度牒或紫袈裟，有个别地方的僧人为了快速凑满数字，竟把一具尸体拆开成好几部分，埋在几个墓里。再如因为允许民众将自己亲属在此埋葬，一些地方的漏泽园里就人为地划分成等级不同的区域，有的地方甚至分出了上、中、下三等。地方上为了凑人数，拿没病的人送到公益医院，拿早都下葬的人算在漏泽园头上。很多地方的漏泽园埋葬尸体非常潦草，坑挖得太浅，乃至于不久之后尸体就暴露出来，这完全背离了漏泽园成立的初衷。政府后来要求各地排查漏泽园的管理，统一将墓穴的深度标准定为三尺，凡是不满三尺的，都由有关部门对管理者予以弹劾。当时民间对这些慈善机构也有批评的声音，陆游曾记录当时民间的俗语，有"不养健儿，却养乞儿；不管活人，只管死尸"的嘲讽之词，主要是当时财政困难，倾斜到这类慈善事业，难免对其他军事民生事业投入不足。整体来说，漏泽园在当时是很有意义的一个慈善机构，一方面确实帮助底层困难群体得以入土为安，另一方面，及时处理尸体，可以隔离病源、预防疾病瘟疫的传播，还有着公共卫生方面的意义。

宋代和漏泽园相关的机构是居养院、安济坊。居养院是"惠养鳏寡孤独"，是收容无处可去的老人和孤儿的场所。安济坊则"济疾病"，是为穷人提供公益性医疗救助的公益医院。宋徽宗认为自己设立这些机构，可以让"鳏寡孤独，古之穷民，生者养之，病者药之，死者葬之，惠亦厚矣"。各地居养院、安济坊的规模不同，有的地方设有几十间房屋，"冬为火室给炭，夏为凉棚"，一些日常生活用品甚至有金银装饰。政府在这些慈善项目中投入太多，就会变成一种对"仁政"的政治表演，也会引发一些百姓的不满。南宋洪迈曾记录当时表演的一个政治讽刺杂剧，演员分别扮演儒释道三教人物，分别夸赞自家学问，儒生说自己有"仁、义、礼、智、信"五常，道士说自己有"金、木、水、火、土"五行，僧人则说佛家最厉害，有"生、老、病、死、苦"五化，儒、道二家忙问五化具体有何殊胜之处。僧人便说，生便是学校，老便是孤老院，病就是安济坊，死就是漏泽园。那两人又问如何是苦，僧人闭目不答，两人再三催促，他才缓缓开口：只是百姓受了无量之苦！

弱势群体如何得到救助

上一节介绍了公益墓地漏泽园，漏泽园在明代得到延续，朱元璋甚至觉得寺庙道观数量太多，拆了一些改成漏泽园。成化年间瘟疫流行，无名尸骸众多，在北京郊外新建漏泽园，天顺四年（1460年），要求郡县皆置漏泽园。明代中后期，各地自然灾害频发，流民倒毙路边的情况所在多见，各地政府和民间贤达也都积极建设漏泽园。清代依旧有漏泽园的创设。

事实上宋代慈善机构形态还有很多，漏泽园之外，还有收养乞丐、残疾者和孤寡老人的福田院、安济坊和居养院，施医给药的安济坊和惠民药局，也有专业收养遗婴弃儿的举子仓、慈幼局和婴儿局，还有家族内部互助的准慈善机构义庄和义田。

一 福田院与居养院

唐代最有名的慈善机构是悲田养病坊，后来大概是皇室为了祈福，一部分悲田坊改名为福田院等名称，《太平广记》中的一则故事中就提到扬州福田院收养麻风病人。北宋初期继承前代的做法，在京城置东西两座福田院，收养乞丐、残疾者和孤寡老人，从福田这一名称可以看出，其创设和管理与佛教关系密切。但这时候的福田院规模很小，两座福田院所救助的人士加起来才不过二十四人。嘉祐八年（1063年）十二月，宋英宗（嘉祐是宋仁宗的年号，但嘉祐八年三月宋仁宗去世，宋英宗继位，当年没有改元）下令在宝胜禅寺和宝寿禅寺两座寺庙的空间中增设南北福田院，这样福田院就变成了四所。新建了一百间房屋，每所可以收容三百人，四所福田院总共可以收容一千二百人。政府内藏每年出钱五千贯用以支持其运营，后来又增加到了每年八千贯，最多时每年有一万两千多贯。这些钱主要用于被收容人的日常饮食和管理僧人的工资补贴。为了防止这一慈善事业的管理中出现贪污腐败，确保供给充足，政府要求福田院每天统计上报最新的收养人数，根据收养人数的具体数字来领取钱米供给。

经过扩建后的福田院成为首都汴梁最大的慈善机构。四福田院的负责人事实上是佛教僧人。范祖禹的文集中保留了一个他在元祐三年（1088年）上给宋哲宗的奏折，提到他看到四福田院条例，逐院每年与僧一名赐给紫衣，准许行者三人剃度，对管理的僧人非常优待，但四福田院所收容帮助的人却不多，于是他建议要对参与管理的僧人进行绩效考核，制定一个办法，福田院中增加多少人，就给以相应的奖励，尤其是要考核救活的人数，每救活多少人，才能给一个剃度名额，要是照护过程中死损一定的人数，就要核减剃度名额，这样可以激励管理的僧人努力存养人命。他还提到四福田院总共才收容一千二百人，相较于整个京城的贫困人口来说实在太少，希望能不限人数收养贫民。他的建议得到了哲宗的采纳。

宋神宗以后，福田院隶属四厢使臣管辖，他们每年冬寒时期须外出巡街，将沿街的老幼废疾者和乞丐送入福田院收养，福田院的经费"贫子钱"也由他们经手拨付，这些钱主要来自内藏库、左藏库，中书省有时也有一定拨款。

宋哲宗元符元年（1098年）颁布居养令，要求各州府救济困难群体，安排其居养。各地纷纷建设居养院、安济院，很快遍及全国，形成了首都有四福田院，外郡有居养、安济院的局面。居养院收养鳏寡孤独废疾者，与福田院类似，所收留老人的标准大都是六十岁。安济坊主要收治无力支付药费的无依病人，由国家拨给医药。三年以后，首都在四福田院的基础上，也新建了居养院、安济院。宋徽宗时期，首都新建的慈善机构又都被并入到了四福田院。福田院的历史到北宋灭亡，基本就走到了尽头。

南宋新建了不少养济院，最早设在绍兴和临安，随后推广到全国，在民间，养济院也被称为孤老院。宋代地方创建的居养院，还有安老坊、安怀坊等名称，其管理大都是由政府拨付田地，支持起运转，日常管理大都是交给佛教僧人。例如绍兴元年（1131年），徽州太守徐谊创居养院，外形看起来好像一座小寺庙，他置田三百亩以养之，并命令僧人主管其事。再如绍兴三年吴兴置利济院，也是拨田养之，岁收租米赡养，命令僧人、行者各一名来主管收支事宜。苏州地区的居养院，有官田一千六百多亩，每年收租米七百多石，有僧人具体主持，共建有房屋六十多栋，有三百多间房屋。

二 惠民药局与安济院

宋神宗时期，设立熟药所，也叫卖药所，最初只有一所，隶属于太医局，到了宋徽宗崇宁二年（1103年），卖药所增加到了五所，分别以东、西、南、北壁和商税院东为名，并增加了两所修合药所，主管单位也从太医局改为太府寺。宋徽宗政和四年（1114年），两所修合药所改名为医药和剂局，五所卖药所改名为医药惠民局。惠民局主要是售卖成药，和剂局则负责制药。宋徽宗时期还将官药局向各地推广，各地都开始设有药局机构。官药局是一种集商业和公益为一体的机构，这类链接商业和公益的机构，20世纪七八十年代以来西方学术界称之为"社会企业",可以说宋代的熟药局是世界上最早的社会企业之一。有人认为官药局负责免费施药,实际上药局的收入并不少,蔡京之子蔡绦的《铁围山丛谈》中说:"都邑惠民多增五局,货药济四方,其盛举也。岁校出入,得息钱四十万缗,入户部助经费。"在赚钱的同时,药局促使药价不断下降,不断推进惠民的宗旨。但不知为何,宋徽宗后期药局一度被裁撤,南宋建立以后,宋高宗在杭州又恢复了官药局,最初包括太医局熟药所四所,分别以东西南北为名,又有和剂局一所。从名称来看,似乎药局又回到了太医局管理,但其中细节已难以考察。绍兴十八年(1148年),杭州的太医局熟药所改名为太平惠民局,分为东西南北四局,其中太平惠民南局的位置在太庙之南,太平惠民北局在灞头市,太平惠民西局在众安桥,太平惠民东局在浙江亭。后来又减去东局,增加南外局和北外局。除了杭州,各地也都设有太平惠民局。宋宁宗、理宗以后,受到朱熹理学思想的影响,各地官员为了实践以天地万物为一体的"仁"道,又形成建设药局的热潮。这种官药局的制度,一直延续到明朝灭亡。

宋代药局非常重视选址,大都选在人流密集的位置,方便民众求药。药局有着分工明确的工作人员,在药材采购、检验、管理等方面都有详细制度,在当时抗击重大疫情的过程中发挥着重要作用。

为了更多病人能得到救助,药局还编印医书,宋徽宗时增订为《和剂局方》,通行本全书共10卷,附指南总论3卷。将成药方剂分为诸风、伤寒、一切气、痰饮、诸虚、痼冷、积热、泻痢、眼目疾、咽喉口齿、杂病、疮肿、伤折、妇人诸疾及小儿诸疾共14门,载方788首,这是全世界最早的由官方主持编撰的成药标准,影响颇大,其中有至宝丹、牛黄清心丸、苏合香丸、紫雪丹、四物汤、逍遥散等名方,其中所载的许多方剂至今仍广泛用于中医临床。

除了药局，宋代还有公益医院安济院。这一医院在南宋初期的战乱环境中，担负了一定的安定社会的责任，跟着宋高宗南渡的群众，"若丐者育之于居养院；其病也，疗之于安济坊；其死也，葬之于漏泽园，岁以为常"。宋高宗曾下诏将杭州周边的一部分寺院充作安济坊，收养救治贫病的难民。

三　弃婴救助

宋朝时期官员们注意到东南地区尤其是福建路、两浙路、江南东路等地贫困百姓溺弃婴儿的"生子不举"现象，当时东南民风不喜多子，如果生育较多，往往只留一两个，其余都溺弃，不论男女。有的地方生十个孩子，甚至溺杀九个，有的地方则是男多杀男，女多杀女，总之不希望多子。朱熹的父亲朱松说他们家乡江西婺源人们最多要两个孩子，多的不问男女，都投到水盆里溺死。生育观念往往与经济因素息息相关，当时东南地区这种奇特风俗的形成，主要原因也在经济因素，一方面当时丁税太高，孩子越多缴纳的赋税越多，超出了很多家庭的承受范围，另一方面当时这一地区婚嫁费用太高，厚嫁破产，孩子大了之后婚嫁是重大支出。此外，当时还形成一种观念，担心孩子太多长大后分割家产的难题。久而久之，东南便出现了这种生子不举的习俗。宋代政府采取的应对方法是下令严禁杀子和弃子，同时对新生儿进行钱米补助，对赋役政策进行优化，减免丁税和差役。当时的文人还撰写了不少《戒杀子文》，并且生产出种种杀子恶报的因果故事，在意识形态领域进行宣传。而对糟遗弃的婴儿，则建立专门的弃婴救助机构，这就是有名的慈善机构"举子仓"，这里的"举"是养育的意思。

绍兴十三年（1143年），邵武军（今南平邵武市）的知军王洋建议孕妇怀孕满五月后先登记再生产，生子不论男女，只要家庭是三等户以下，就由政府发给一斛米。两年后，政府根据他的建议，下诏鼓励各路建设举子仓，奖励所需的米由常平仓承担，王洋在邵武军率先立仓。常平仓的米不够，各地又探索了种种凑钱方式，例如使用官田、官米添给等等。此后一直到宋理宗时期，前后一百多年的时间，各地涌现出大量的举子仓，其中有官办也有民间所办。

此后又出现了"散收养遗弃小儿钱米所""慈幼局"以及各类慈幼庄、婴儿局等等名称的机构。宋理宗曾出官田五百亩，命临安府创慈幼局，并要求"天下诸州建慈幼局"。政府在慈幼局收养弃婴弃子，如果民间有愿意抱养弃婴为子女者，还给与一定奖励。南宋建康府（今南京）的一份慈幼局的管理条例被收入地方志而保存至今。这一条例一共有六大条，第一条大意是如果有人明确了收养意向，签订了收养的文书，就先支付给他抱养钱纸币（十八界会子）四贯，米五斗。月支纸币二贯，米三斗，至七岁才停止；第二条是雇用乳母四名，每名月支纸币六贯，米五斗；第三条是乳母照顾满一年，就按收养额外给钱；第四条是每月审核孩子和乳母等数量，并据此拨款，防止贪污腐败；第五条是要求行下诸厢及两县尉司（类似今天的公安部门）严加巡查，一旦发现弃婴要尽快送到局中。送来一人奖励一瓶好酒，要是工作失职，应送未送，则需要惩罚；第六条是为婴儿准备衣服的细节。

慈幼局的管理自然不会十全十美，各地存在各种各样的问题，但随着慈幼局的普及，"道无抛弃子女"，在一定意义上逐渐实现了移风易俗。

仪式感

男性为何都簪花

虽然在《离骚》中屈原说自己"扈江离与辟芷兮，纫秋兰以为佩"，并先后提及了二十多种香草。自汉代以来，学者们都认为他不是真的佩戴这些香草装饰自己，而是以"香草美人"为喻，倾诉自己的美好品行，以及无法得到君王重视的悲愤。20世纪40年代，学者孙次舟在成都发表了一篇很有影响的文章《屈原是"文学弄臣"的发疑》，主旨就是认为屈原是同性恋者，理由之一便是《离骚》中花花草草的装饰和比喻，似乎毫无男子气质，更多是阴柔之美。这个观点虽然因为新奇轰动一时，但实在不能说言之有据，因此长期以来不能得到学术界和公众的认可。不过这一看法的提出，也说明人们长期以来的一个态度：用花朵装饰身体是女性之美的特权，男性簪花会被视为女性化甚至异常。即使在社会观念更加开放的今天，这一审美观点依旧有着一定的市场。

但在唐宋两代，情况完全不同，唐代开始有男性簪花，尤其是在重阳节，菊花逐渐代替了茱萸，成为节令花卉，正如杜牧诗云"菊花需插满头归"。唐代宫廷宴会上，皇帝也偶尔赐花给大臣，被视为美谈。唐玄宗就曾将花亲手插在宰相苏颋的头巾上，时人都觉得这是很了不起的荣耀。宋代更是一个男性全民簪花的风流时代，在中国历史朝代中绝无仅有。不仅官员文人在重要礼仪中簪花，普通百姓中男子也常常簪花。男子簪花成为一种全民风俗。

一　日常生活要簪花

以北宋末年为背景的《水浒传》，笑傲江湖的梁山泊好汉，出场往往簪花。例如小霸王周通下山，"鬓旁边插一枝罗帛像生花（用丝绸做的假花）"，连他麾下的小喽啰，也"头巾边乱插着野花"。绰号"短命二郎"的阮小五，出场时"斜戴着一顶破头巾，鬓边插朵石榴花"。绰号"病关索"的杨雄，出场时"鬓边爱插翠芙蓉"。"浪子"燕青亮相时"腰间斜插名人扇，鬓畔常簪四季花"。至于蔡庆，绰号就叫"一枝花"，他的打扮就是"金环灿烂头巾小，一朵花枝插鬓旁"。女中豪杰当然也簪花，例如孙二娘在人肉包子店时，打扮就是"头上黄烘烘的插着一头钗环，鬓边插着些野花"。在一些特殊场合，更要插花。例如要犯被砍头时就要簪花，宋江和戴宗被抓住押赴刑场，被"各插上一朵红绫子纸花"。王婆被剐时，"两把尖刀举，一朵纸花摇"。刽子手也要簪花，前面提到的"一枝花"蔡庆，没上梁山前就是专门砍头的刽子手。节日也要簪花。到了重阳节，"忠义堂上遍插菊花"。柴进等人元宵节到了首都东京，就看到大内的士兵"多从内里出入，幞头边各簪翠叶花一朵"，一打听，原来是皇帝为了庆贺元宵，给禁军人员每人赏赐一枝翠叶金花，上面雕刻有"与民同乐"四个小字，要进入皇宫，这枝花便是入门凭证。柴进就是用酒灌翻了一名禁军，自己穿上他的衣服，簪上他的翠叶金花，成功混到了天子身边。而这天街道上的路人，也是"往来锦衣花帽之人，纷纷济济"。重要的仪式上也要簪花，第八十二回梁山泊众人受到招安，天子赐宴，结束后"宋江等俱各簪花"。

《水浒传》虽然成书在明代，但实际上是在宋元两代民间艺人话本的基础上整合而成，梁山泊的故事在南宋的勾栏瓦舍中已经流传，因而其中描述的社会生活、语言习俗，大都反映了宋元的时代风貌，从中可以看到宋代人的生活细节。这与同样以宋代作为时代背景，而习俗生活多反映明代风情的《金瓶梅》大有不同。当然，《水浒传》毕竟是小说，自然不能完全作为宋代生活的证据，我们不妨来看看几句宋人自己的诗词，尝试"以诗证史"：

人老簪花不自羞，花应羞上老人头。（苏轼）
洛阳风俗重繁华，荷担樵夫亦戴花。（司马光）

南宋·佚名《大傩图》
图中男性大都头插花枝

鬓头插蕊惜光辉，酒面浮英爱芬馥。（梅尧臣）

风前横笛斜吹雨，醉里簪花倒著冠。（黄庭坚）

头上花枝照酒卮，酒卮中有好花枝。（邵雍）

白头奉陪少年场，一枝簪不住，推道帽檐长。（辛弃疾）

剪彩漫添怀抱恶，簪花空映鬓毛秋。（陈棣）

醉西湖，两峰日日，买花簪帽。（刘过）

醉中起舞递相属，坐上戴花常作先。（陆游）

　　不论是诗人自己，还是诗人笔下的寻常百姓，都将簪花视为寻常之事。所簪的花也种类众多，有四季应景的鲜花，也有各种材质的假花，有时出门散步踏青，随便折一点野花野草，也能用来簪头。《东京梦华录》中说清明之前，汴梁民众纷纷郊游，寻找早春美景，在回来的路上，他们头上插着的绿叶鲜花，把那些蜂蝶也都吸引过来，悄悄跟着归骑飞舞。在宋代，簪花是一种娱乐文化，成为民俗的一部分。在普通人的日常生活中，衣食住行、婚丧嫁娶、游艺娱乐，参与其中的男性都会簪花。例如民间婚嫁中，新郎官往往满头假花，后来司马光批评说新郎头上花和花形的装饰插得太多，整个脑袋满满当当。不过即使如此，司马光也觉得花还是要插，不能这么多，不妨只插一两朵意思意思。在为长辈祝寿时，男性晚辈也簪花舞蹈，取"戏彩娱亲"之意；在民间祭祀中，男子也需要簪花，北京故宫博物院收藏有一幅宋代的《大傩图》，表现的是民间举行傩仪（驱除厉疫的习俗），其中有人物就头戴梅花等花枝。

　　宋代之后的元代，男子簪花依旧流行。而到了明代，男性簪花已经非常少见，只在佛教壁画中常有簪花的天王。现实生活中，男子簪花极为少见，明代状元杨慎（号升庵）被流放云南时与众女子簪花踏歌而行，被认为是"奇行骇

明·陈洪绶《升庵簪花图》
图绘杨慎醉酒簪花的情景

俗"，后人还专门绘有《升庵簪花图》。到了清代，男性簪花更是极少听闻了，唯一的例外是明清科举考试后的状元簪花游行。清代殿试结果出炉，状元、榜眼、探花簪戴金花参加宴会，这是延续了唐宋以来的传统。在宋代，登科及第要簪花，闻喜宴上皇帝赐花，宴会结束后，新科进士簪花骑马归来，被视为人生中极荣耀之时刻。有趣的是这些新登科的进士们，骑马往往路过各家风月场所，头上簪花往往被各家名妓求去。有位福建进士徐遹，登科时已经垂垂老矣，他和年轻的进士们一起骑马游街，别人的花都被一路各家妓院求走，只有他到寓所时头上还簪着花，他为此还写诗自嘲："白马青衫老得官，琼林宴罢酒肠宽。平康过尽无人问，留得宫花醒后看。"

二 节庆仪式也要簪花

宋代簪花还是礼仪的重要一部分，重要的活动都需要簪花，偶尔是直接插到发髻里，但这样很难固定，大部分时候都是头戴冠帽幞头，将花插在冠帽的一侧。重要活动中，卫兵、大臣都会簪花。

以宋徽宗时期为例，正月元宵节期间，皇宫宣德楼设有戏台，戏台两侧由列队整齐的禁军士兵守护，他们手持骨朵子，身穿锦袍，头戴幞头簪着御赐的装饰绢花，面向乐棚站岗。正月十四皇帝驾临五岳观迎祥池，并在这里赐宴群臣，皇帝的围子亲从官都是头戴球头大帽，簪花。三月在金明池阅水兵，禁军各班直的兵士，都头上簪花。阅兵结束宋徽宗驾回大内，头上戴着一顶小帽，簪花骑马而行。前后护驾的臣僚近侍以及仪仗护卫，都会得到皇帝的赐花。宋徽宗寿辰时，举行盛大的宴会，宰相执政、各位亲王、皇家宗室以及文武百官都来到宫里为皇上祝寿，宴会结束后，臣僚们都戴着御赐的簪花回家，他们的呵引从人，也会戴上官方出钱采购的簪花。南宋时期，举行各种仪式依旧簪花。姜夔有诗描述：“万数簪花满御街，圣人先自景灵回。不知后面花多少，但见红云冉冉来。”

宋代对簪花非常重视，不同场合、不同官职品级的官员，簪花的材质、颜色有详细规定：“中兴、郊祀、明堂礼毕回銮，臣僚及扈从并簪花，恭谢日亦如之。大罗花以红、黄、银红三色，栾枝以杂色罗，大绢花以红、银红二色。罗花以赐百官，栾枝，卿监以上有之。绢花以赐将校以下。太上两宫上寿毕，及圣节、及赐宴、及赐新进士闻喜宴，并如之。”

节庆仪式上所簪的花，有真花也有假花，前者称之为“生花”，后者称

北宋·张择端《清明上河图》（局部）
图中可以看到卖花人

之"像生花"。

假花历史悠久，大约始于汉代。后来隋炀帝在洛阳建宫殿，秋冬之际甚至给整个宫院的树木贴上绢布制作的假花假树叶，人工打造百花盛开的景象。唐代绢花盛行，1973年新疆吐鲁番阿斯塔墓葬出土过唐代绢花实物。宋人女性头戴的假花有一种叫作"一年景"，将四季的桃、杏、荷花、菊花、梅花集于一处，后世依旧流行，也称之为"四季花"。在宴会仪式上赐给男性大臣们的假花分为三类，一类是绢花，一般是在辽国使臣参加的宴会上，以示节俭；一类是罗帛花，是在春秋二宴上，取其美观；还有一类叫滴粉缕金花，最为珍贵，在上元节游春、对御等赐花时使用。当时民间也流行假花，制作假花的行业就叫"做花"或"花作"。宋代话本小说《花灯轿莲女成佛记》中的主人公莲女就是以做假花为生，自己开了一个专卖假花的花铺。南宋临安街巷有常年叫卖"罗帛脱蜡像生四时小枝花朵"的，其实就是用罗帛做成，并用蜡造型的四季不同花色的假花。因为假花的风行，对真花市场造成一定冲击，临安市场种花的行当和卖假花的行当还一度有过冲突。

和唐玄宗一样，宋代皇帝也经常在重要宴会单独给重要的大臣赐花。寇准在宋太宗时就做了参知政事（副宰相），当时才三十四岁。宋真宗继位后，有次在宴会上特别赐给他一朵奇花，并说："寇准年少，正是戴花吃酒时。"寇准还有个跟插花有关的趣事。他担任知永兴军时，过生日时候排场搞得跟皇帝差不多，穿黄色道袍，簪花，有人跟真宗汇报说寇准有反心，真宗大为震惊，跟宰相王旦他们说："寇准真的反了吗？"王旦笑着说："寇准才多大年纪，不过是傻一点不懂事罢了。"真宗听了才放下心来。宋真宗有次请陈尧叟等人吃饭，大家都头戴牡丹。饭吃到一半，真宗让陈尧叟去掉头上所戴，亲手把自己头上的一朵牡丹取下簪到陈尧叟头上，在当时被称为美谈。

士人聚会也经常簪花。宋代很有名的一个故事是韩琦在扬州做知州，花园中一枝芍药开出四朵奇花，这一品芍药从未见过，尚未命名，后人称之为"金缠腰"。他准备设宴再邀请三人，以对应花开四朵之数。当时扬州除了王珪、王安石，另外没有名士，只好找了官署中最年长的一人凑数。但第二天这老先生忽然腹泻不止，无法出席，恰好陈升之正好路过扬州，应邀出席，四人将四朵奇花各簪一枝。三十年后，这四人都官至宰相，堪称"花瑞"，人称"四相簪花"。

三 花从何来？

中国在汉代以来就有女性簪花，汉武帝时的宫人贾佩兰在九月九日佩茱萸，这是文献里能看到最早簪花的女性。当时南越一些少数民族的女性，还将茉莉花等花卉，用彩色丝线穿成花环戴在头上。

佛教的传播推动了簪花。当时传入中国的佛教经典和佛教艺术作品中，经常描述头戴花鬘的菩萨、天女、伎乐，也有捧花而撒的飞天，西域国度往往不分男女身佩璎珞、头上戴花。在《维摩诘经》中有一个著名的天女散花的故事：文殊菩萨和维摩诘居士在维摩诘家中辩论佛法，很多佛弟子旁听。两人的讨论玄妙精微，弟子们听后沉浸其中，如痴如醉。一位天女想试试听法者证悟到的境界，便显出身形，将众多的天花撒向听法弟子身上，顿时花雨满天，纷纷而落，但当花落到各位菩萨身上时，都不能附着，纷纷滑落，而落在各大弟子身上时，就黏在身上。弟子们觉得惊奇，暗自运起神通，想要抖落天花，但天花始终不能脱落。

在唐代，女性簪花非常盛行，长安春日，女性会头戴奇花来"斗花"，最早只是簪小花，到唐代中后期就开始簪大花，周昉的《簪花仕女图》中，侍女所簪的就有盛开的牡丹、荷花、芍药、海棠。这种习俗都被宋人继承，而且簪花不再是青年女子的专属，成为无关性别、年龄和身份地位的通行风俗。

宋代簪花习俗的盛行，和花卉市场、流动花担的蓬勃兴盛有着密切关系，市民很容易能够买到各色花卉。从现有文献来看，卖花行当初兴于唐代，开始盛行则是在宋。

北宋时期，汴梁、洛阳、成都、扬州等城市都有享誉全国的大花市。洛阳盛产牡丹，欧阳修说当时洛阳城里的春天，不分贵贱，人人插花，哪怕是最底层的挑夫小贩，都不例外。邵伯温回忆洛阳的花市，傍晚人们用"筠笼卖花，虽贫者亦戴花饮酒相乐"，有人写诗描述这一情形："风暄翠幕春沽酒，露湿筠笼夜卖花"。每当洛阳牡丹盛开之际，官方都会组织"万花会"，举办宴会的地方都以花作为屏风，四周的墙壁柱子上，也都挂上装了水的小竹筒，里面插满花朵，触目所及，一片繁花世界。扬州的芍药名动四方，当地也组织花会，每次用花千万朵。王观说扬州百姓不论贵贱都喜欢戴花，开明桥的花市在春天最为繁盛。北宋词人柳永在词中写道："论篮买花，盈车载酒。"人们一整篮一整篮地购买鲜花，一整车一整车地买酒，足见风流。司马光说"车如流水马如龙，花市相逢咽不通"，花市人来人往，以至于拥堵异常。元宵节的花市花好月圆，正是宋人浪漫的"情人节"，所谓"去年元夜时，花市灯如昼，月上柳梢头，人约黄昏后"，正是生动写照。

北宋洛阳的牡丹运送到首都汴梁，还有特别的技巧，花匠在竹笼里装满嫩

明·佚名《卖花图》
图中卖花人同时售卖种种花卉

南宋·李嵩（传）《花篮图（冬）》

存世李嵩花篮图有三，表现手法一致，花篮编法和篮中时令花卉有别

菜叶子，再将牡丹填满，还要用蜡封牡丹花蒂，这样可以使花多日不落。

南宋临安的花市更胜汴京，杨万里曾路过临安和宁门花市，不由感慨赋诗："君不见内前四时有花卖，和宁门外花如海。"临安花市四季有花，而以暮春最为繁华。《梦粱录》中写临安晚春，卖花人挎着马头竹篮，唱歌叫卖，人人纷纷前来购买，而花篮中的花卉种类奇绝。西湖附近的花市主要在寿安坊一带（今天官巷口附近），这里除了鲜花，还售卖各种假花和首饰，极为工巧，超越古人。直到明代，这里还是卖花之家聚居的地方。

宋代的一些中大城市出现了专门的"花户"或"园户"，专以种花为业。北宋洛阳有不少人赖花以生，以种花卖花为业。南宋的临安城"种田年年水旱伤，种花岁岁天时襄"，临安城北有东西马塍（此处有溜水桥，河东为东马塍，河西为西马塍），居民大都以种花为业，是当时临安的花卉种植基地，临安大部分花卉出自此处。方岳写西湖的诗中有一首说："今岁春风特地寒，百花无赖已摧残。马塍晓雨如尘细，处处筠篮卖牡丹。"叶适也有诗云："马塍东西花百里，锦云绣雾参差起。"可见规模之大。临安之外，苏州、扬州、成都乃至陈州（今河南淮阳），都有极大面积的花卉种植。

除了花市，流动的花贩更加亲民，季春时节，北宋汴梁的卖花人手持马头竹篮，售卖牡丹、芍药、棣棠、木香等花卉，"歌叫之声，清奇可听"，在《清明上河图》中，就有卖花摊贩的图像。李清照的词中说："卖花担上，买得一枝春欲放。"宋代关于卖花的诗词极多，南宋陆游曾写一位卖花翁："君不见会稽城南卖花翁，以花为粮如蜜蜂。朝卖一株紫，暮卖一枝红。"张镃的《卖花》诗中有"担上青红相逐定，车中摇兀也教吟。虽无蜂过曾偷采，犹恐尘飞数见侵"的句子。蒋捷的词中则更加直白："担子挑春虽小，白白红红都好。"

卖花人有独特的叫卖声，声韵和谐，称之为"卖花声"。陆游在临安的春天夜色中听雨，"小楼一夜听春雨，深巷明朝卖杏花"，在小楼听尽了一夜的春雨淅淅沥沥，第二天一早，深幽的小巷里便会有人叫卖杏花。走街串巷的花贩的卖花声，成为宋代人春天的声音记忆，以至于人们干脆创造了一个叫《卖花声》的词牌。卖花人还形成了自己的"行业协会"，叫作"花团"或"花行"。南宋临安就有"城南之花团""官巷之花行"等组织。

宋人爱花，不仅簪花种花，更有不少和花相关的风雅趣事，这里举一个例子。南宋文人曾流行一种风雅的聚会游戏，在荼蘼花盛时，相约花架之下饮酒。随风落下的荼蘼花瓣飘进谁的杯中，谁就要干杯。有时轻风吹拂，荼蘼花落满地，满座酒杯都飘有飞花，于是举座举杯而饮，这就叫"飞英会"。

男子全民簪花，街巷处处卖花，成为宋代独一无二的时代印记。无论是宋代的四季繁花，还是当年簪花饮酒的少年，都已消失在漫长岁月，但翻阅古

南宋·佚名《田畯醉归图》（局部）
图中老人簪花骑牛

书，一个个簪花的少年、中年、老年跃然纸上，他们的审美精神依旧让我们会心一笑。宋代男子簪花，不仅仅是将其作为附着在身体之外的修饰，而是一种对美的赤忱追求，他们追求人花相映的美学境界，探求及时行乐的生活智慧，并将男性身体视为审美对象，探求其中的精致、文雅，阴阳并济，潇洒自在。

宋代人如何浪漫春游

唐代中期，上巳、清明、寒食这几个时间接近的节日逐渐融合。也是从唐代开始，人们也不再等到三月暮春才开始春游，正月十五观灯结束，便迎来了早春的郊游，称之为"探春"。

而到了三月初，自然又是一番春游，此时金明池、金水河、琼林苑等皇家园林都允许市民游览，皇帝的御驾也会前来观赏，在金明池观看水军演习。元丰年间之后，这时节会开放赌博。于是路边搭起彩色帷幕，里面摆放着珍玉、奇玩、匹帛、日常用品、茶酒器物等待，吸引人来玩关扑（一种赌博游戏）。而每当金明池水军演习结束之后，富贵人家就把自家的船只驶入池中，挂上紫色帷帐，带着自己家的乐人纵情游湖。宣和、政和年间，金明池也有专门出租大小船只的，普通百姓都可以租船来游湖。

清明节扫墓，人们也会借机游览，"四野如市，往往就芳树之下，或园囿之间，罗列杯盘，互相劝酬。都城之歌儿舞女，遍满园亭，抵暮而归"。蹴鞠、秋千、风筝之类，也都是这时节的重要游乐活动。北宋魏野著名的《清明》诗说"无花无酒过清明，兴味萧然似野僧"，要理解当时清明节普通人的热闹春游，才能更加读懂他这种"热闹都属于别人"的诗意。

赏花是春游的主题。苏轼被贬黄州，每年都在这前后守着一株海棠花。而北宋这个时节的首都开封，遍地花开烂漫，牡丹、芍药、棣棠、木香等新奇花卉都纷纷上市了，卖花人带着马头竹篮，里面铺开各色鲜花，唱着清新悦耳的卖花吆喝，供游人挑选。京城处处锦绣，放眼望去，一片花光。御街上香气氤氲，乐声阵阵，响遏行云，各条大路车水马龙，来回奔驰。街两侧到处都是商家和艺人的彩棚。亭台都装饰绫罗绸缎和翠玉宝石，楼阁都配上大红的柱子和精致的绘画，家家户户，都好像神仙洞府一样。百姓们纵情游览，街上车马数以万计，无穷无尽。朱熹的《春日》诗说"等闲识得东风面，万紫千红总是春"，字面所写，正是春游赏花、胜日寻芳，但朱熹从春游中更提炼出一番治学的心得，万紫千红在他的心目中，却象征着圣人之道的渐入佳境。

在古代所有的春游与爱情的故事中，大概陆游与唐琬的故事最让人黯然神伤。二十岁的陆游娶唐琬为妻。他们本是一对神仙眷侣，为陆母所逼，被迫离异。之后唐琬改适赵士程。大约绍兴二十五年（1155年），陆游春日出游沈园，见到了唐琬、赵士程夫妇，大为伤怀，怅然久之，题壁写下有名的《钗头凤》："红酥手，黄縢酒，满城春色宫墙柳。东风恶，欢情薄，一怀愁绪，几年离索。错！错！错！　春如旧，人空瘦，泪痕红浥鲛绡透。桃花落，闲池阁，山盟虽在，锦书难托。莫！莫！莫！"唐琬后来看到这首词，又追和一首"世情薄，人情恶，雨送黄昏花易落。晓风干，泪痕残。欲笺心事，独语斜阑。难！难！难！　人成各，今非昨，病魂常似秋千索。角声寒，夜阑珊。怕

人寻问，咽泪妆欢。瞒！瞒！瞒！"写出自己的无尽思念，忧思成疾，不久便怏怏而卒。这一年陆游三十一岁。

二十岁的他与唐琬新婚时，曾写过《菊枕》。淳熙十四年（1187年），六十三岁的他又采菊做枕，写了《采菊缝枕囊凄然有感》二首，其中有句云"唤回四十三年梦，灯暗无人说断肠"，又说"人间万事消磨尽，只有清香似旧时"，所牵挂的正是四十三年前的美好。

而从三十一岁那次春游偶遇后，春游沈园便成了陆游既魂牵梦萦又却步不前的一场思念，直到近四十年后，绍熙三年（1192年），六十八岁的陆游秋日再回沈园，写下《禹迹寺南有沈氏小园，四十年前尝题小阕壁间，偶复一到，而园已易主，刻小阕于石，读之怅然》："枫叶初丹槲叶黄，河阳愁鬓怯新霜。林亭感旧空回首，泉路凭谁说断肠。坏壁醉题尘漠漠，断云幽梦事茫茫。年来妄念消除尽，回向神龛一炷香。"此时沈园已经改换了主人。四十年的生死两隔，当年酒后醉题的《钗头凤》却又被人刻石留存，年少时候的故事便如同断云幽梦，无处再话凄凉。此时唐琬逝世已经三十余年，最爱的那个人梦断香消，沈园也早已人物俱非，但桥下春水，曾是惊鸿照影，映照过她的情影，却始终无法被时光抹去。

南宋·马远《西园雅集图（春游赋诗）》
图中绘士人春游雅集，闲适高旷

南宋·佚名《春游晚归图》
表现宋人春游踏青后返回的情景

开禧元年（1205年），陆游81岁，此时的他已经身体孱弱，他在梦境里又来到了春日的沈园，醒来后写下"路近城南已怕行，沈家园里更伤情。香穿客袖梅花在，绿蘸寺桥春水生。""城南小陌又逢春，只见梅花不见人。玉骨久成泉下土，墨痕犹锁壁间尘。"梦里再一次走过城南小路的春天，梅花开得正好，当年题写《钗头凤》的墨迹在壁间尘土中影影绰绰，却看不到自己最思念的那个人。嘉定元年（1208年），八十四岁的老人或许感到大限将至，最后一次来到沈园，他写下《春咏》四首，最后一首云："沈家园里花如锦，半是当年识放翁。也信美人终作土，不堪幽梦太匆匆。"问世间情为何物，只教人生死相许，对他来说，一生思念恍如白驹过隙，当年唐琬的音容笑貌，宛在眼前。但这一切，只是太匆匆的少年幽梦。这是他为唐琬写下的最后一首诗。第二年，八十五岁的陆游带着对唐琬的一生思念，永远离开了人间。在另一个世界里，或许他们会携手春游，永不分开。

宋代的情人节是哪天

中国古代并没有严格意义上以爱情主题的节日，但有一些节日为青年男女邂逅相恋提供了舞台，自古以来无数爱情故事在这些节日里上演，自然也可以将其解读为中国的情人节。古代节日中最具有情人节气质的不是"坐看牵牛织女星"的七夕，也不是"花市灯如昼"的元宵，而是三月上巳节。

至少在《诗经》的时代，上巳已经成为男女春日邂逅和表达爱意的日子了。不管这个节日原本的意义是宗教还是乞孕，三月便是爱情的春天。《郑风·溱洧》所描写的，就是三月上巳，在郑国的溱水和洧水边，两位青年男女表达爱意、携手游春的故事。诗歌的开头说"溱与洧，方涣涣兮。士与女，方秉蕳兮"，溱水和洧水经过冬天的冰封，在这个美好的春日刚刚化冻，河水欢快地奔流。男孩子和女孩子，手里拿着蕳草（一种兰草），显然是来参加岁时祓除的仪式。但这仪式不过是相会的借口，男孩和女孩在人群中相遇，他们的相识相恋朴素而自然，自由自在，无拘无束，欢乐的时光短暂，在分开的时候，男孩子给女孩子送上芍药花，代表着爱的约定。

在周代，男女春日邂逅被写进了法律，《周礼》中记载，在仲春时节，令男女成婚。这个时候，如果有青年男女私奔，也不加禁止。如果应该嫁娶而无故不嫁娶的，就要处罚。有男女过了年龄还尚未成婚，要了解他们的情况和困难，进而帮助他们成婚。

上巳的习俗在唐代渐渐淡去，取而代之的爱情节日是元宵。正所谓"月上柳梢头，人约黄昏后"，唐代以后，由佛教燃灯仪式演变而来的元宵灯会成为全民习俗，元宵前后，没有宵禁，男女老少都可以尽情出游，青年男女就有了邂逅的机会，很多爱情故事由此萌芽。

所谓的宵禁，就是夜晚禁止出门，从先秦开始中国一直延续着宵禁的政策，唐代也是如此，掌管京城警卫的金吾禁止夜行，私自夜出被抓到后果非常凄惨。但只有在元宵前后三天，允许百姓夜游，这就是所谓的"放夜"，这天的街道无比热闹。从武则天时期宰相苏味道（他也是苏东坡的老祖宗）咏神都洛阳城元宵夜的《正月十五夜》诗中就可以看到当时的情景："火树银花合，星桥铁锁开。暗尘随马去，明月逐人来。游伎皆秾李，行歌尽落梅。金吾不禁夜，玉漏莫相催。"武则天神龙年间，洛阳灯会繁胜，无论贵族官员，还是普通百姓，无不夜游，街道观灯者人潮涌动，当时有数百人写诗描述这一盛景，只有苏味道等三人的最为出色。

元宵节的"金吾不禁"，给青年男女们相会的舞台，于是便有了不少浪漫邂逅的爱情。著名的典故"破镜重圆"出自唐代孟棨《本事诗》，便是和元宵节有关的故事，说陈朝被隋朝灭亡时，陈朝太子舍人徐德言和他的妻子乐昌公主（陈后主陈叔宝的妹妹）遭遇离别，便将一面镜子一分为二，相约"他日必以正月望日卖于都市，我当在，即以是日访之"。也就是每年正月十五元宵节这天，要拿着半面镜子在首都售卖，以此方法相认相聚。后来乐昌公主流落到隋朝大臣杨素家中，得到宠幸，而徐德言历经磨难，也终于来到京城，正月十五这天，"访于都市，有苍头卖半镜者，大高其价，人皆笑之。德言直引至其居，设食，具言其故，出半镜以合之"，于是写下一首诗："镜与人俱去，镜归人不归。无复嫦娥影，空留明月辉。"乐昌公主看到仆人带回的这首诗，难过不已，杨素看到她的异常后了解了事情的始末，于是就将乐昌公主送回到徐德言的身边。两人最后终老江南。

宋代元宵节的爱情，我们从两首大家耳熟能详的宋词中就能有深切的感受。一首是欧阳修（一说朱淑真）的《生查子·元夕》："去年元夜时，花市灯如昼。月上柳梢头，人约黄昏后。　今年元夜时，月与灯依旧。不见去年人，泪湿春衫袖。"前一年的元宵节，两人相约月儿升起在柳树梢头的黄昏时分，到了今年的元宵节，花市灯光一如去年，璀璨的灯会还是把夜色映照得跟白天一样雪亮，但去年相约的人再也不会来了。另一首是辛弃疾的《青玉案·元夕》："东风夜放花千树，更吹落、星如雨。宝马雕车香满路。凤箫声动，玉壶光转，一夜鱼龙舞。　蛾儿雪柳黄金缕，笑语盈盈暗香去。众里寻他千百度，蓦然回首，那人却在，灯火阑珊处。"词的最后一句，写的正是我在人群中寻找她千百回，猛然回头，不经意间却在灯火零落之处发现了她。唐宋此类的诗词数量极多，这里难以一一罗列。

宋元以来的话本小说，所描写的爱情故事有不少就发生在元宵节，例如《张生彩鸾灯传》，讲的是越州少年张舜美在元宵节观灯，看到一个丫鬟挑着一盏彩鸾灯，后面是一位美貌少女，便上前搭讪，美女赠给他一个题写着一首《如梦令》词的方胜（两个菱形压角相叠组成的饰结），约他第二天在十官巷家中相会。张舜美依约前往，两人情投意合，约定一起私奔去镇江生活。结果出门后在闹市不小心被人潮挤散，张生苦苦寻觅的时候，在码头发现一双绣花鞋，是女子所穿，同时大家都在传说，十官巷刘家小娘子溺水而亡。张生误以为女子已死，含悲离去。而这个女子其实没死，故意遗留绣花鞋，是为了怕家人来追寻，她一个人到镇江，发现张生没有如约而来，悲伤之余，准备投水自尽，却被一个尼姑救下，从此在大悲庵生活。后来张生进京应试，路过大悲庵偶遇，两人才得以团圆。

　　元宵灯会上男女邂逅，也会遇到"爱情骗局"，宋代洪迈《夷坚志》中记载一个发生在宣和年间的汴梁元宵节的故事，当晚的灯会上有男子出游观灯，到美美楼下，人流拥挤难以前行，便稍微驻足，巧遇一位美貌女子举措张皇，若有所失。男子忙去询问，女子说跟着同伴来观灯，在人流中走散，现在一个人不知道去哪里。男子意有所动，出言引诱，女子开心表示："我要是一直在这里等，说不定就被人拐卖，不如跟你回家。"男子大喜，就牵着女子的手回到家，此后半年，对女子宠爱非常，也没有听说有人在打听女子的消息。以上是这个故事的前半段，正是宋代"情人节"的经典邂逅，但这个传奇故事还有后一半，原来这个女子并非人类，而是妖物，若非男子的朋友来做客时及时发现，并引荐高人制服，差点就会送命。类似的故事在《夷坚志》中还有不少，邛州李姓少年元夕观灯，被一个游女所迷惑，跟在她身后不肯暂舍。女子时时回首微笑，神情中仿佛让他跟着出城。这个女子事实上也并非人类。这些故事当然并非真事，但故事背景往往安置为元宵观灯之际的男女邂逅，可以看到当时人们心目中的元宵节，是与爱情紧紧联系在一起的。

宋代人迷信"十二星座"运势吗

在今天，很多人痴迷于星座运势，"你是什么星座"也时常成为初次见面时的交流内容，大部分人默认这是新时期从西方传入的文化。十二星座的名称确实起源于西方，是古巴比伦文明的天文成就，但古代中西文化交流与融合的程度往往超出我们的想象，实际上中国古人应用西方十二星座名称，几乎与佛教的传入相始终，已经有接近两千年的历史。星座运程不仅仅是今天青年们喜闻乐见的议题，宋代苏东坡就曾用十二星座算命，并将自己的命途多舛归咎于摩羯。

一 从一面三国时期的铜镜说起

1978 年广西贵港市工农师范广场 M3 中出土了一面四叶纹瑞兽对凤镜（夔凤镜），近年四川大学考古系王煜教授等发现，这面三国时期的镜子上不仅有星象图像，还有螃蟹和罐子的图像，经讨深入的研究，确定这两个图像代表的正是巨蟹和水瓶，这进一步证明了王仲殊先生20世纪80年代研究三国时期吴地夔凤镜（四叶纹对凤镜，主要为佛像夔凤镜）上的螃蟹和瓶子形象为黄道十二宫巨蟹和宝瓶图像的假说。

佛教早期传入中国时，带来了印度和西域的文化知识，其中就包括西方十二星座。上述佛像铜镜中，只有巨蟹和水瓶的图像。十二星座的名称全部出现，目前能见到的文献中，最早是隋代高僧那连提耶舍译《大方等大集经》卷四十二《日藏分中星宿品第八之二》，其中提到八月蝎神、九月射神、十月磨竭之神、十一月水器之神、十二月天鱼之神、正月持羊之神、二月持牛之神、三月双鸟之神、四月蟹神、五月师子之神、六月天女之神、七月秤量之神。

到唐代，随着密宗传入长安，十二星座开始风行。例如不空大师译出的《文殊菩萨宿曜经》中，分别称之为第一羊宫、第二牛宫、第三男女宫、第四蟹宫、第五狮子宫、第六女宫、第七秤宫、第八蝎宫、第九弓宫、第十摩竭宫、第十一瓶宫、第十二鱼宫，这部经中记载了利用七曜、二十七宿（之所以少了一宿，是因为牛宿不参与，大概和印度尊敬牛有关）和黄道十二宫等星体的运行位置解读吉凶的方法。大致来说，其方法是根据生日确定命宿，然后就可以推断出荣宿、衰宿、安宿、危宿，便可以推出不同时间的吉凶。

二 炽盛光佛与十二星座

在唐宋时期，中国佛教盛行炽盛光佛信仰。炽盛光佛与金木水火土五星、十二星座、二十八星宿等相互联系，大致是诸星曜异动，能致人罹患灾祸，而炽盛光佛所传的咒语则专司攘除灾难。在敦煌石窟中就发现了不少炽盛光佛的图像，其中大都与五星等星辰相关。其中一幅唐代炽盛光佛并五星图绢画上有题记"乾宁四年（897年）正月八日炽盛光佛并五星，弟子张淮兴画表庆光"，画面上佛陀乘坐牛车，大放光明，四周有五人分别代表五星：四手持兵器（矢、弓、剑和三叉戟）、戴驴马冠的南方荧惑星（火星），弹弦奏乐、着白色练衣、戴鸟冠的西方太白星（金星），执锡杖、戴牛冠的中宫土星，手持花果、身着青衣、戴猪冠的东方岁星（木星），手执纸笔、戴猿冠的北方辰星

（水星）。此图现藏大英博物馆。

炽盛光佛与十二星座"同框"的图像在当时也一度流行，今天我们还能看到实物。2001年，日本奈良县教育委员会事务局文化财保存课编辑发行了《奈良县所在中国古版经调查报告》，其中有一件北宋开宝五年（972年）刻本《炽盛光佛顶大威德销灾吉祥陀罗尼经》，根据卷末题记，是"大宋开宝五年岁次壬申四月八日"佛诞日钱昭庆"发心印造《炽盛光经》一藏，散施持颂，所构胜因，乃叙凡恳。伏愿先将巨善上赞严亲，润似海之幅源，益如椿之运数"，这卷佛经的开头有一张精美的版画，中心是佛陀跌坐于牛车所载莲花须弥座上说法，周围是两位侍者和十一曜天神，再周围有十二个圆圈，分别绘有十二星座图形，顺时针依次为白羊宫、金牛宫、双子宫、巨蟹宫、狮子宫、室女宫、天蝎宫、天秤宫、人马宫、摩羯宫、宝瓶宫、双鱼宫（天蝎宫、天秤宫的位置似乎画反了）。在十二宫再外面一圈，则是二十八星宿的图像。

在其他传世文献中也可以看到炽盛光佛信仰的流行，孟元老《东京梦华录》中记载，当时首都汴梁（今开封）的大相国寺，就有炽盛光佛降服九曜图像。根据宋郭若虚《图画见闻志》的记载，相国寺中的图像出自高益之手。《蜀中广记》则记载四川成都寿宁院，佛殿内四壁画炽盛光九曜图，是五代宋初著名画家孙知微的手笔。洪迈《夷坚甲志》卷七中记载有一个"炽盛光咒"的故事，大致是说有个叫曹毅的瑞安人，家中祖传疾病，都会早死，他念诵炽盛光咒，"一日读最多至万遍，觉三虫自身出，二在项背，一在腹上。周匝急行，如走避之状"，随着三虫消失，他的家族病也自然痊愈。这个故事虽然离奇，但说明当时这一信仰的普及。据南宋志磐《佛祖统纪》记载，宋理宗淳祐十一年（1251年），曾为皇女延昌公主举行炽盛光忏法。

炽盛光信仰的影响范围很大，不仅北方石窟中有大量壁画、帛画，南方也有造像留存，比如杭州灵隐寺飞来峰第 37 龛、重庆大足石刻第 39 龛（五代造像）与 169 龛（北宋造像）等。大概到明朝初年，炽盛光佛信仰慢慢式微，乃至逐渐消失。这种东西交融的民间信仰，却成为中国历史上一个有趣的现象。

中国唐宋以后三教融合，很多神灵在佛教和道教中都有供奉，宋代以后，道教也从佛教吸收了十二星座，分别称为尊神，根据宋代蒋叔舆《无上黄箓大斋立成仪》及吕元素《道门定制》，分别是天秤宫尊神、天蝎宫尊神、人马宫尊神、磨竭宫尊神、双鱼宫尊神、宝瓶宫尊神、白羊宫尊神、金牛宫尊神、阴阳宫尊神、巨蟹宫尊神、狮子宫尊神、双女宫尊神。

三 苏轼说自己倒霉是因为摩羯?

《东坡志林》卷一有一段很有趣的文字，苏轼说："退之诗云：'我生之辰，月宿南斗。'乃知退之磨蝎为身宫，而仆乃以磨蝎为命，平生多得谤誉，殆是同病也。"如果简单地理解，那就是苏轼觉得自己以摩羯为命宫，和唐代韩愈以摩羯为身宫相似，所以两个人同病相怜，都特别容易招惹口舌。

我们今天说一个人是摩羯座，即指其的生日是在12月22日到次年的1月19日，苏东坡出生在于宋仁宗景祐三年十二月十九日，换算过来是1037年1月8日，恰好是摩羯座。不过需要注意的是，苏东坡这里说"以磨蝎为命"，并不是说他自己觉得自己是摩羯座，用出生日期简单对应星座是现代人的思维。苏轼确实觉得自己的命宫是摩羯，但他不是拿自己的出生日期简单查出来的，而是用自己出生的月份和出生的时辰算出来的，所以他说自己是摩羯，和我们今天拿他生日对应出来是摩羯，结果一样，这其实只是一个巧合。他哪怕晚出生两个小时，他的命宫就会变成水瓶。

古人所理解的命宫，有一套自己的推算方法，也就是所谓的五星法，《张果星宗》中说："一凡看五星之法，须是排定太阳以生时加在太阳度上，则知安命在何宫，方为端的，须是以度主为要，宫主次之……安命以太阳度为主，以生时加于上，顺数本人生时，逢卯止，即为命宫，是何宫主也。"太阳度正月为子，依次类推，十二月为丑。清代国学大师俞樾《游艺录》中就直接说："凡欲求命宫，先从子上起正月，逆行十二辰。乃将所生之时，加于所生之月，顺行十二位，遇卯，即命宫也。"我们以苏轼为例，我们先要知道他出生的月份十二月太阳度为丑，出生的时辰是卯时（这个时辰其实是根据他的命宫倒推出来的，但在这里我们为了举例推算命宫，权且认为我们已经提前知道他出生的时辰。宋代就有不少人用五星法算过苏轼出生的时辰）。逆着排列十二月，再将卯转动到丑，这时候就得到了他的命宫为丑（摩羯）。苏轼的例子非常特殊，因为他恰好是卯时出生，所以计算起来格外简单（卯时出生的人，月份对应的星座就是他的命宫）。五星法中命宫的计算，关键在于出生的月份和时辰，最后所得到的命宫，说白了其实就是出生之时，正东方地平线上升起的星座。

所谓的身宫是另一个概念，《张果星宗》中说"月躔某度，即身之度主也"，实际上就是月亮所在的星座。韩愈出生的月日不清楚，但苏轼看到韩愈自称出生时"我生之辰，月宿南斗"，也就是月躔于斗，对应的就是摩羯。这并不意味着韩愈是摩羯座，网络上有人误读了苏轼这段文字，先是误以为苏轼自称摩羯座，又误以为苏轼认为韩愈是摩羯座，由此尝试推算韩愈的生日，其实完全是现代人的惯性思维，得到的结论自然也是完全错误的。

确定命宫之后，可以依次逆推出第二财物宫、第三兄弟宫、第四田宅宫、第五男女宫、第六奴仆宫、第七妻妾宫、第八病厄宫、第九迁移宫、第十官禄宫、第十一福德宫、第十二相貌宫，就可以分别占卜相关事项的吉凶变化。当然后续引入十一曜后还有许多变化，与本文的主题无关，这里就不展开介绍了。古代关于占星的集大成之作是明代万民英所编的《星学大成》，对相关内容有学术兴趣的读者可以参考。虽然占卜之术并无科学依据，但因为古人对其深信不疑，我们了解一些相关知识对理解古代材料很有帮助。宋代特别推崇占星，宋高宗自己就善于推算，经常抱怨自己奴仆宫位置不好，尤其是当他觉得自己的臣子有负圣恩的时候。南宋叶绍翁《四朝闻见录》乙集"高宗知命"条说："高宗自能推步星命。或臣下不能始终仰副圣眷，则曰：'吾奴仆宫星陷故也。'"后来有人写诗嘲讽他："坚壁长城慕勇功，中兴想望野人同。医身医国皆司命，星陷无如奴仆宫。"

如何举行一场完美婚礼

　　宋代各地各时的婚礼风俗也并不全然相同，这里以北宋后期首都的婚礼为例，大致介绍当时婚礼的细节。

　　凡是要娶媳妇的人家，首先需拟一份草帖子，待双方家庭都同意后，再由男方写一份细帖子，上面依次写明家中曾祖父、祖父和父辈先人的名讳，包括定亲人的亲属以及他的土地、财产、官衔等信息。紧接着，男方要派人送去一担许口酒，作为许婚信物。这个许口酒的酒瓶要用花络罩起来，还要一并装上八朵大花、颜色鲜新的罗绢和八枚银胜头饰，把这些礼物用花红绸子系在担子上，这个叫"缴檐红"。等到"缴檐红"送到女家，女家会把淡水两瓶、活鱼三五条和筷子一双一起放进男方送来的酒瓶里，这个叫"回鱼箸"。然后男方再商量小定和大定的时间，以及要不要去女方家里相看一下媳妇。所谓的小定大定，小定也叫"过小帖"，就是所谓的"文定"，约束双方恪守婚约；大定则称"过大礼"，即古所谓"纳征""纳币"之仪，含有男方向女方送财礼之意，仪式规模仅次于迎娶。

　　如果要相看，一般是由男方家里的一位亲戚，或者是婆婆，来到女方家中，如果能相中，就会把一支钗子插到女方的帽子上，俗话叫"插钗子"。要是没有相中，就留下一两块彩缎给女方压惊，说明这桩婚事是成不了了。

　　媒人也分好几等。上等的媒人，头戴一种盖头，身穿紫色背子，专门为官宦人家乃至达官显贵、皇亲国戚说合亲事；中等媒人头戴高帽，用黄丝巾包着发髻，也穿背子，或者不穿背子而穿裙子，手里撑着一把清凉小伞。媒人都是两个人一起。等到男方下了定以后，每月的初一和十五，媒人就会在双方家庭之间来去传话。

每当到了各种节日，男方就要准备节令礼物，以及各种首饰、羊肉、酒水之类，送到女方家中，根据家庭条件的不同，可以适当添减。女方的回礼一般是一些精巧的小物件儿。然后就是正式下财礼，再之后就确定成婚的日期，接着就到了迎娶大礼。女方出嫁须得男方多次催促，才梳妆启行。所以在此前一天，或者是当天一早，男家就会派人到女家催妆，并且要下催妆礼，有凤冠霞帔、婚衣、镜子和化妆品等，对此女方一般会回赠公裳、绣花幞头之类。唐代上层社会，新娘出嫁之日，新郎作诗，派人传达至女方催妆，称为"催妆诗"。唐代贾岛有一首有名的催妆诗："不知今夕是何夕，催促阳台近镜台。谁道芙蓉水中种，青铜镜里一枝开。"宋代的催妆诗传世的也有一些，但对普通人家来说，显然不能要求新郎能吟诵催妆诗，就大都以音乐代替。

到迎亲时，女方家门紧闭，男方为催新娘启门登轿，则反复吹奏催妆曲，放催妆炮，伴以递开门封。

在婚礼的前一天，女家会派人到男家来张挂帐幔，还会把女家送到男家的嫁妆通通在新房里展示出来，这个叫"铺房"。"铺房"的时候，男方要用茶酒好好招待女方来人，还要拿喜钱送给他们。婚礼当天，男方家用迎亲车或者花轿，和男方组成的迎新队伍一起去女方家迎娶新娘。等待新娘收拾妥当，准备上花轿的时候，抬轿子的人都会起哄讨喜钱，否则就不肯起轿。一些跟着帮忙的从人和男方的家人，在新娘的轿子进门之前，会向女方索要一些喜钱、小钱物和花红。

当新娘子在男家大门口下了轿子之后，有阴阳生手捧一个装粮食用的斗出来，斗里装的是谷豆钱果草节之类，他会念起咒语祈祷，并把斗里的东西往大门方向撒出。小孩子们会一窝蜂一样跑上去，抢着去捡撒在地上的东西。这个环节叫作"撒谷豆"，一般认为这样可以躲过煞神，除邪得吉，保佑平安。

新娘下轿子后，脚不能踩到地面，而是要顺着地面上铺好的青布或毡席前行。这时会有一个人捧着镜子，面向新娘子倒退着走，引导新娘跨过一个马鞍、一小堆干蒭草和一杆秤，进入一个屋子，屋里正当中布置着一个帷帐，新娘坐在帷帐内，叫作"坐虚帐"。也可能会直接引导新娘来到一个有床的房间，在床上坐下，这个则是叫"坐富贵"。送新娘进来的客人快速饮酒三杯之后会马上从房间退出来，这个叫"走送"。等到所有前来参加婚礼的宾客都入席并饮酒三杯之后，新郎身穿礼服，头上戴满了花胜，甚至会遮挡住整个脸，坐在中堂木榻上的一把椅子上，这个就叫"高座"。此时媒人会过来请新郎下座，新郎不动，于是一位姨妈或妗子过来请新郎下座，还给他倒了一杯酒喝。他仍旧不动。这时丈母娘出场，请新女婿下座。只有丈母娘来请，新郎才肯下座。

新房的门头上，挂着一块彩缎，彩缎的下方会撕成细条，等到新郎进入新房，宾客们会从这儿撕下一小块缎子带走，这个叫"利市缴门红"。新郎走到床前，请新娘出来，新娘一起来，两家人就拿出各自准备好的彩缎，绾一个同心结，这个环节叫"牵巾"。新郎会把同心结的一个边搭在他手执的笏板上，新娘则把同心结的另一个边搭在她自己的手上。然后，新郎新娘就要从新房中出来，新郎倒退着走，走的过程中新郎新娘始终是面对着面的。他们会一起来到家庙拜谒先祖，之后，有人会扶着新娘倒退着走回新房，新郎也走回新房，夫妻开始"讲拜"，也就是夫妻对拜，男女双方都会抢着先拜对方。对拜之后，两人都坐在床上，这个时候新郎脸要向右，而新娘脸要向左。他们周围会有一些妇人，向他们身上投掷一些铜钱和彩绢、果子，这个环节叫"撒帐"。

"撒帐"刚一结束，又会有人上前，从新郎头的左侧、新娘头右侧剪下少许头发，然后把两人剪下的头发放到一起。两家会分别拿整匹的缎子、梳子、头饰等物品，和新婚夫妇剪下的头发收拾在一起，这叫"合髻"。然后再拿出两个用彩结绑在一起的酒杯，灌满酒请新郎新娘互相为对方喂酒，这个叫作"交杯酒"。喝完交杯酒，会把两个酒杯和新娘戴的花冠一起扔到床下，要是两个酒杯一个朝上一个朝下，一般就认为是大吉之兆，大家会一起庆贺道喜，然后掩帐而去，迎娶的仪式就到此结束了。

要是新娘来自皇室显贵人家，宫中随着新娘过来的人就会马上把新郎抱走。要是普通人家，那么这时新郎、新娘以及两家的亲人们就从新房里退来，向厅堂里的宾客们道谢。然后客人们仍归喝酒。宴席结束以后，客人们才散去。第二天五更时分，夫家会摆出一张桌子，上面放镜台及镜子，新妇就在桌前行跪拜礼，这叫"新妇拜堂"。然后新妇会拜尊长和亲戚，并分别向他们敬献礼物，这些礼物一般都是新娘做的女红，包括鞋、袜之类，这叫"赏贺"。长辈们则分别把他们自己带来的一匹彩缎赠送给新婚夫妇，这叫"答贺"。然后新郎要再去妻子家拜见岳父、岳母，这叫作"拜门"。

要是新郎家条件比较好，能很快把礼品凑齐，那么第二天就可以去"拜门"，这个就叫"复面拜门"，不然的话三到七日内去拜门也是可以的，而"赏贺"之礼也须和女方在男方家施行的一样。新郎"拜门"时，在岳父家吃完宴席，女方家中也会准备鼓乐和礼物送新女婿回家。婚后第三天，女家会给男家送来彩缎和油蜜蒸饼，这种饼叫"蜜和油蒸饼"，象征新婚夫妻亲密和美，蒸蒸日上。在送蜜和油蒸饼的同时，女家会有人到男家来，和男家人聚会，这叫"暖女"。婚后第七天，女家会派人接新妇回娘家，或者送给新妇彩缎和首饰，这叫"洗头"。婚后一个月，两家聚会庆祝，这叫"满月"。在这之后，两家来往的礼数就简单随意多了。

儿童们都有哪些玩具

留存至今的宋代绘画，尤其是"婴戏""货郎"等主题的画作中，有不少儿童游戏的内容，虽然现存名为苏汉臣《货郎图》的作品，大都是明代宫制，甚至反映的也非现实生活中走街串巷的真实货郎。但这些图像中的一些玩具，也确实延续了宋代时期的风格，让我们可以看到当时儿童玩具的形制，其中有的玩具直到今天仍然还在陪伴着新一代的小朋友，有的玩具则难以知晓其名称和玩法，需要学者们挖空心思去考证。

大致来说，宋代小朋友的玩具，大体是可以分为仿形类，例如用泥土做成的小人物、小动物、小房子之类；仿乐器类，例如拨浪鼓、各类小型乐器；益智类，包括各种智力或竞技游戏的道具。

一　仿形类

这类坑具最多，往往在不同的节日流行不同的玩偶，例如元宵节给小孩玩的灯，往往做成小象的形状。再如清明节前后，在郊外还有卖各种食品和泥土制成的纪念品摊子，叫"门外土仪"，其中很有特色的叫黄胖，是用黄土捏成的人形土偶，是一种玩具，类似今天的不倒翁。再如山亭儿，是泥制的系列风景人物模型。宋人话本《山亭儿》中写到一位小贩批发了一批"山亭儿"，其中包括山亭儿、庵儿、宝塔儿、石桥儿、屏风儿、人物儿。此外还有玩具小刀、泥捏的花卉水果、泥捏的戏剧人物、鸭蛋、小鸡之类。此外民间还卖一种专门给儿童做玩具的小秋千，上面有一个团沙做的小女孩立于秋千上，用手推动，也可以往来上下，好的小秋千，上面的小人以木为之，再加以彩画，非常

北宋·苏汉臣《货郎图轴》

货郎推着琳琅满目的货物车子停在亭院之中，车子上各类玩具、生活用品应有尽有，孩子们围着货车欢乐玩耍。这是一幅年俗画

精美。还有的地方卖玩具车马，车轮之类的地方也都可以动。

再如七月七日是七夕，各处都有卖"磨喝乐"的。磨喝乐是一种小孩样子的土偶。这种小土偶被装在一个雕刻精美、饰以彩绘的栏座里，有的还会用红纱或绿纱做成的纱笼装起来。特别精美的，甚至用黄金、珠玉、象牙、翡翠来装饰，价格高的一对要好几千钱。不管是皇宫大内，还是富贵人家，乃至平民百姓，都会买磨喝乐作为七夕节日重要的节令玩具。很多小孩子还会手执新荷叶，模仿成磨喝乐的样子游戏。磨喝乐也写成"摩睺罗"，这个名称比较奇怪，显然并非中原固有，学者对其词源争论不休，说法众多，广为接受的说法是源自佛典中的牟呼洛迦（Mahoraga）。七夕除了磨喝乐，还有很多新奇玩意儿在售卖。有用黄蜡制作的鸭子、大雁、鸳鸯、乌龟、游鱼，都彩绘上色，金线装饰，这些东西和它们模仿的那些动物一样，能在水面上浮起来，就叫作"水上浮"。还有的在一块木板上放置一层薄土，种上粟的种子使其发芽。木板上还放置上小茅屋和花木，摆放一些农家田舍的小物件，看起来像是一个农家小村子，这种小玩意儿叫"谷板"。还有的在瓜上雕刻出各种花样，叫作"花瓜"。

小佛塔也是宋代流行的小儿玩具，是包括苏汉臣《秋庭戏婴图》在内的不少婴戏图中的常客。当时小孩子的游戏中经常有童子礼佛、灌佛的主题，唐代李商隐《骄儿诗》中就有"稽首礼夜佛"的句子。台北故宫博物院所藏传为苏汉臣所绘的《灌佛戏婴图》中，庭院内四个童子浴佛为戏，其中一个手扶诞生佛像台座，一个手拿着水瓶灌佛，一个捧花供佛，另一个双手合十跪地礼拜。明代陈洪绶的《童子礼佛图》表现的也是类似的主题，图中一太湖石竖立，石前放一尊雕琢精致的佛造像和供佛用的铜塔。佛前，二儿童拜佛，一儿童献花，另一儿童跪着擦拭铜塔。

二 仿乐器类

宋代小朋友最常玩的乐器是铙钹，在不少宋画中都可以看到它。钹又作铜钹、铜钹子、铜钵子、铜盘，相类的乐器统称为铙钹。铜造，形如圆盘，中央隆起如丸状，中心穿一小孔，系以布缕，两片互击而鸣奏。唐宋时候，铙钹在音乐表演中经常使用，十部乐中有七部要用到钹，以燕乐为甚。作为小朋友玩具的铙钹要小很多，在不少婴戏图中可以看到。

其他各类小乐器也是宋代小朋友们的热爱，南宋李嵩的《市担婴戏图》中，货郎的担子里大都是儿童玩具，王连海教授曾辨别其中有小鸟、鸟笼、拨浪鼓、小竹篓、香包、不倒翁、泥人、小炉灶、小壶、小罐、小瓶、小碗、六角风车、雉鸡翎、小鼓、纸旗、小花篮、小笊篱、竹笛、竹箫、铃铛、八卦盘、六环刀、竹蛇、面具、小灯笼、鸟形风筝、瓦片风筝、风筝桃、小竹椅、拍板、长柄棒槌、单柄小瓶、噗噗噔等，其中不少是乐器类的玩具。

三 益智类

苏汉臣的《秋庭戏婴图》中，两个小朋友正在聚精会神玩一种叫枣磨的游戏。这个玩具需要自己制作，大致是先要有一个鲜枣，横向切开，把一半的枣肉去掉，露出一半的枣核。然后用三支签子插在枣肉这端，如鼎三足一样做支架，把这个枣倒立起来，这时候那一半枣核朝上，在这个枣核尖尖上安放一根细长条竹篾，在竹篾的两头插两颗小一点的枣儿，两个人分别拨动小枣儿，让竹篾在下面那颗大枣上面快速旋转个不停。这个游戏对力道和平衡很有讲究，稍不注意就把竹篾转掉下来了。清代乾隆皇帝收藏过这幅图，题诗云："庭院秋声落枣红，拾来旋转戏儿童。丹青讵止传神诩，寓意原存相让风。"他觉得这两个孩子正在谦让，是历史上"让枣"的典故，也就是《南史·王泰传》中说王泰"年数岁时，祖母集诸孙侄，散枣栗于床。群儿竞之，泰独不取"。与孔融让梨是差不多的故事。不知道是乾隆皇帝小时候没有童年玩乐的经历，还是他有意装糊涂以传播"教化"，但他的这番解读显然并不可靠。

《秋庭戏婴图》右下角的鼓墩上摆放有轮盘、宝塔、千千车、棋盒等玩物，下面还有玩具钹。《武林旧事》中记载了一些儿童玩具，"若夫儿戏之

南宋·佚名《小庭婴戏图》
地上有围棋桌、围棋盒、小塔、铙钹、小球等玩具，小朋友手中所持为棉花糖

物，名件甚多，尤不可悉数，如相银杏、猜糖、吹叫儿、打娇惜、千千车、轮盘儿。每一事率数十人，各专借以为衣食之地，皆他处之所无也。"扬之水曾考证其中说的"轮盘儿"，就是图中像日晷一样的小轮盘，游戏规则可能是"快拨轮盘使之旋转，待其停止，视横竿一端的小人落在某格，它便可获取得格中的物事，亦即长板上面放着的小物件"。《武林旧事》中提到的打娇惜和千千车都是陀螺。陀螺有两种，一种是带捻子，用手指捻动，叫作千千车，也就是图中鼓墩上右侧玳瑁盘中摆放的那个小陀螺。还有一种是用鞭子抽打转动，这个就叫打娇惜。

今天儿童常玩的滑梯，在宋代也能见到，这是一个非常大型的儿童玩具，流传至今的一幅南宋《婴戏图》，描绘的就是四个小孩愉快玩滑梯的情景。

后记

宋：生活意识自觉的年代

鲁迅先生的名作《魏晋风度及文章与药及酒之关系》中，提出魏晋是"文学自觉"的时代，随着个体的自我生命意识的觉醒，个性张扬，文学成为个性生命的表达。从此以后，文学不再是经学的附庸，成为独立的门类。我经常想，正如魏晋时期文学的自觉，宋代是普通人"生活自觉"的年代，在普通人的层面，也开始普遍追求一种日常生活的自由和美学。

中国文化的高峰出现在宋朝，陈寅恪先生说："华夏民族之文化，历数千载之演进，而造极于赵宋之世。"宋朝文化灿烂繁华，宋人的生活方式，也成为影响一千多年的模板。我们今天的生活习俗、节奏乃至价值观念，大都是从宋代开始定型。以宋仁宗为例，仁宗朝科技飞跃，四大发明中火药、印刷术和指南针三大发明在这个时期真正突飞猛进。仁宗朝商业繁荣，城市功能有了划时代的突破，店铺林立，国内还出现了世界上最早的纸币交子，西方学者认为这个时期的宋代，"中国无疑是世界上经济最先进的国家"。仁宗朝政治清明，名臣辈出，虽然缺少汉唐的凌云气概，但有着远超前代的盛世繁华。宋仁宗时期也是文学文化史上星光璀璨的年代，一个光耀古今的"文学天团"在这个时期闪耀。唐宋八大家的六位在这时活跃，宋诗的高峰涌现，宋词境界大开，词成为文学主流，晏殊、欧阳修等的词深刻地影响着中国文学史。周敦颐、二程、张载等大思想家陆续登上舞台。宋朝的国策是"文人治国"，皇帝和士大夫共同治理天下，文官集团力量强大，皇权和文官互相制约，文人的地位空前提升。仁宗时代的文臣们，和仁厚宽容的宋仁宗，共同开创了一个前无古人的繁华时代。

商业的繁荣、技术的进步、文化的昌盛，不仅推动士人阶层追求雅致生活，普通百姓们也在有意识地区分生活和生存，有意识地追求"休闲"，探索生活的意义，努力在日常生活中追求美的价值。于是我们看到：这是一个全民热爱生活的年代，是一个普通百姓开始用书画艺术品装点家居的时代，是男性都爱簪花的年代，是一个全民开始洗澡、全民开始养猫、全民喜爱夜市、全民追求娱乐生活的年代。词这种起源于娱乐性音乐的文学体裁，成为宋代文学的代表，正是宋代风流的一个生动注脚。

宋人有种特有的颇具市井气的"风雅"，人们对生活有发自内心的热爱。但凡是文艺演出，总是"不以风雨寒暑，诸棚看人，日日如是"。到了初春天气晴好的日子，大家总是要出城踏青，"大抵都城左近，皆是园圃，百里之内，并无隙地"。古人们的生活"仪式感"，不就是我们在忙碌庸凡的城市生活中渐渐失落的"风雅"吗？当然，宋代的普通百姓生活，也面临种种苦难，在本书的章节中，也有相关的讨论。

我自己的研究方向是古典文献学。最近几年，我比较关注古人普通人的日常生活，先后创作了几部与此相关的图书，比如和古代文化中的生活细节相关的《风月同天：古代文化变迁中的细节》系列，台湾地区引进这部书，改名为《史官不提的中国文明史》；再如利用藏在海外博物馆、图书馆的外销画，完成的几部关于古人日常生活和生产工艺的图谱；此外还写了一部关于中国古人养猫历史的书。这一研究和写作兴趣的变化，最初便起始于前几年和果麦合作整理两宋之际孟元老的名著《东京梦华录》。这一次再与果麦合作，分享宋代人的日常生活，算是对这几年写作的一个阶段性的总结。书中的文字，还有很多不能尽如人意之处，期待读者朋友们的关心和指正。

2023年6月1日

侯印国于南京小自在斋

宋代食谱

曹家生红

这是宋代城市酒楼中流行的特色冷菜，从名称来看，应该最早起源于曹家酒店。用现代的厨艺语言，这道菜则可以称之为"生拌六丝"。从色彩来看，这道菜红、白、黄、绿兼具，极有美感。

食材

羊里脊肉、羊肚、水晶脍（即猪皮冻）、糟姜、萝卜、嫩韭菜、酱、醋、香料

做法

1. 羊里脊肉、羊肚、水晶脍、糟姜、萝卜分别切丝。
2. 以上五种丝加上嫩韭菜，配酱、醋、香料等调料生拌，完成。

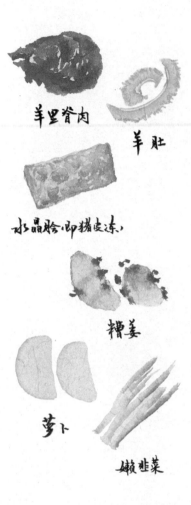

羊里脊肉

羊肚

水晶脍（即猪皮冻）

糟姜

萝卜

嫩韭菜

曹家生红

佛跳墙

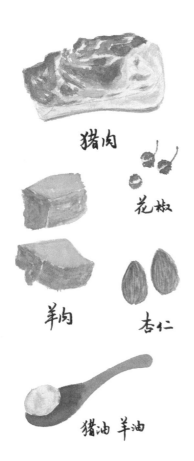

猪肉

花椒

羊肉

杏仁

猪油 羊油

　　"佛跳墙"这一菜名最早出现就是在宋代，菜谱最早记载在南宋末年陈元靓的《事林广记》中。宋代的佛跳墙做法和今天我们熟悉的起源于清末的佛跳墙完全不同，是一种煨制而成的肉干，类似今天的"五香肉干"。

食材

猪肉、羊肉、猪油、羊油、酒、醋、花椒、杏仁、盐香料

做法

1. 将猪肉、羊肉焯水。
2. 焯过水的猪、羊肉切成骰子大小的块。
3. 用猪油、羊油把肉块煎到微熟。
4. 加入少量开水，放入酒、醋、花椒、杏仁、盐等调料煨炖。
5. 待汤汁收尽，取出肉块焙干，完成。

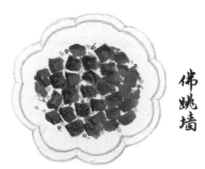

佛跳墙

香药灌肺

唐代人用灌肺食疗，宋代灌肺成了市井流行的美食，在夜市中尤其常见。南宋宫廷中还流行一种素灌肺，称之为"玉灌肺"，则是用绿豆淀粉、油皮、芝麻松子、核桃等研磨，加上调料和曲子，蒸熟后切成肺块的样子，配上辣汁食用。

食材

羊肺、姜汁、杏泥、芝麻泥、面粉、绿豆淀粉、香油、盐、肉汤

做法

1. 将羊肺一具内外洗干净备用，以"净如玉叶"为标准。

2. 将姜汁、杏泥、芝麻泥、面粉、绿豆淀粉加上香油搅匀。

3. 加入肉汤和盐，调成汤汁。

4. 将汤汁灌入准备好的羊肺中。

5. 下锅煮熟，切片食用。

羊肺

芝麻泥

绿豆淀粉

姜汁

杏泥

面粉

香药灌肺

拨霞供

拨霞供的做法出自南宋林洪的《山家清供》，严格意义上是中国历史上最早的火锅。筷子夹着鲜红的肉片在滚开的汤中涮动，恰似将一抹红霞拨入山峦之间翻腾的白云，因此得名。

食材
猪肉片（或羊肉、兔肉片）、酒、酱、花椒、调料汁

做法
1. 将猪肉（或羊肉、兔肉）切成薄片。
2. 肉片用酒、酱、花椒略腌制。
3. 火炉上放置小锅，烧开半锅水。
4. 等水滚开，用筷子将肉片夹入锅中涮熟。
5. 夹出肉片，蘸调料汁食用。

猪肉片

羊肉片

兔肉片

花椒

拨霞供

玉板鲊

玉板鲊是两宋市井中的名菜，经常有小贩提篮叫卖。

食材

青鱼（或鲤鱼）、盐，花椒、莳萝、茴香、橘皮、橘叶、葱、香油、米饭

做法

1. 选大条的青鱼（或鲤鱼），切成鱼片。

2. 按照一斤鱼片一两盐的比例，用盐腌一晚上。

3. 控干鱼片，加盐，花椒、莳萝、茴香、橘皮、橘叶、葱、香油、米饭拌匀。

4. 将上述材料密封到瓷瓶中，封严瓶口。

5. 夏天半个月、冬天一个月后，开瓶食用。

山药

生姜

粉丝

蘑菇

绿豆淀粉

乳团

粉皮

菜头　陈皮

两熟鱼

两熟鱼

两熟鱼是宋代风行的象形类素菜，佛教和道教信众斋戒时食用。在市井素食店中，这道菜也很流行。

食材

山药、乳团（大致接近今天的芝士奶酪）、陈皮、姜、绿豆淀粉、盐、粉皮、粉丝、蘑菇、菜头

做法

1. 将山药、乳团煮熟捣制成泥。

2. 将上述材料和陈皮、姜末、湿绿豆淀粉混合搅拌。

3. 撒上干绿豆淀粉，搅拌到馅泥浓稠。

4. 用一张粉皮打底，放粉丝，再放馅泥，折捏成鱼的形状。

5. 将"鱼"油炸。

6. 炸好的"鱼"用蘑菇汁煮入味，出锅盛入碟内，撒姜丝、菜头，完成。

山家三脆

这是南宋《山家清供》中记载的一道风味凉拌菜，材料均为纯天然山野时蔬，口味清新。

食材

嫩笋、小蕈、枸杞头、盐、香油、胡椒面、酱油、醋

做法

1. 嫩笋、小蕈、枸杞头用加一点盐的开水焯熟。
2. 加盐、香油、胡椒面拌匀。
3. 再加少许酱油、醋拌匀，完成。

嫩笋

小蕈

枸杞头

山家三脆

雪梨

香橙

橙玉生

这是用水果制成的冷菜，主要用来佐酒。雪白的梨块浸在橙黄的橙肉汁中，视觉效果极佳。古人认为雪梨和香橙都有解酒毒的功效，使得这道下酒菜更加实用。

食材
雪梨、香橙、盐、醋、酱油

做法
1. 大个雪梨去皮去核，切成骰子大的丁。
2. 大个香橙剥皮取瓤，去掉核，将橙肉捣烂。
3. 将雪梨丁和橙肉混合，撒盐，滴几滴醋、酱油，拌匀后摆盘，完成。

橙玉生

素醒酒冰

这是宋代一种用来醒酒的冷菜，用今天的烹饪语言，可以称之为"梅花冻"。

梅花

食材
梅花、琼脂、淘米水

做法

1. 用淘米水浸泡琼脂，暴晒，不断翻搅。
2. 琼脂泡白洗净后捣烂，加水煮熟。
3. 撒上梅花，转移到凉处等待凝固结冻，完成。

琼脂
淘米水

素醒酒冰

梅花

翠缕冷淘

　　冷淘是唐宋时期流行的过水凉面或凉粉、凉皮，唐代的杜甫喜欢吃槐叶冷淘，苏轼更是喜欢一边享用冷淘，一边还配上冰镇的生鱼片，大饱口腹之欲。苏轼发明过一种翠缕冷淘，是一种过水凉面，后来成为民间流行的美食。

面粉

食材
梅花、面粉、调料汁

做法
1. 新鲜梅花研出汁水和面，用力揉面，使面团劲道。
2. 面团擀薄，切成细面条。
3. 面条煮熟后过凉水。
4. 浇上自己根据口味喜好制作的调料汁，完成。

翠缕冷淘

宋朝人的日常生活

作者 _ 侯印国

产品经理 _ 来佳音　　装帧设计 _ 郑力珲

技术编辑 _ 陈皮　　执行印制 _ 刘世乐　　策划人 _ 曹俊然

果麦

www.guomai.cn

以 微 小 的 力 量 推 动 文 明

图书在版编目（CIP）数据

宋朝人的日常生活 / 侯印国著. -- 天津 ：天津人
民出版社，2023.12
　ISBN 978-7-201-19901-6

　Ⅰ．①宋… Ⅱ．①侯… Ⅲ．①随笔－作品集－中国－
当代 Ⅳ．①I267.1

中国国家版本馆CIP数据核字(2023)第199408号

宋朝人的日常生活
SONGCHAOREN DE RICHANG SHENGHUO

出　　　版	天津人民出版社
出 版 人	刘　庆
地　　　址	天津市和平区西康路35号康岳大厦
邮 政 编 码	300051
邮 购 电 话	022-23332469
电 子 信 箱	reader@tjrmcbs.com

责 任 编 辑	康悦怡
特 约 编 辑	郭聪颖
产 品 经 理	来佳音

制 版 印 刷	天津图文方嘉印刷有限公司
经　　　销	新华书店
开　　　本	710毫米×960毫米　　1/16
印　　　张	15.75
印　　　数	1—7,000
字　　　数	197千字
版 次 印 次	2023年12月第1版　2023年12月第1次印刷
定　　　价	88.00元